妖精番の姫

侍女に騙されて身分を奪われましたが、運命の相手と恋に堕ちました

葵　す　み　れ

S U M I R E A O I

一迅社文庫アイリス

CONTENTS

ドルフ
妖精の庭に現れた
騎士。フローラを気遣って、
妖精番の仕事を手伝ったり、
差し入れをくれたりする青年。
妖精
白い毛玉姿をしている
不思議な生き物。
妖精の木の周辺で
現れることが多い。
フローラ
カーライル王国の第一王女。
前王妃の娘であるため、
自国での立場が弱い少女。
花嫁修業の一環として隣国へ
向かったのに、なぜか「妖精番」と
して働くことになってしまった。

アドルファス

フォーサイス王国の王太子。
噂では、冷酷非情な青年で、悪魔のような姿らしく……。

ウィロウ

幼い頃からフローラに仕えている侍女。嫁ぎ先にまでついてきてくれる、忠義に厚い女性だと思っていたけれど……。

ダレン

妖精の庭にドルフを探しに来た騎士。
ドルフの部下らしいけれど……。

妖精番の姫

ようせいばんのひめ

侍女に騙されて身分を奪われましたが、運命の相手と恋に堕ちました

CHARACTERS

用語説明

フォーサイス王国

妖精の加護を受けているといわれている国。

妖精の木

妖精が宿っているといわれる巨木。フォーサイス王国の象徴の木としても知られている。

妖精の庭

フォーサイス王国の城の奥にある、妖精の木を守るための隔離された場所。

妖精番

妖精に供物を運び、祈りを捧げる伝統ある職。
ただ、面白みも旨みもない役割であるため、なり手のいない不人気な仕事。

イラストレーション◆椎名咲月

妖精番の姫　侍女に騙されて身分を奪われましたが、運命の相手と恋に堕ちました

Princess of fairy-keeper

序章

木漏《こも》れ日《び》を浴びながら、フローラはそびえ立つ大木を見上げる。

妖精が宿ると言われるこの木は、フォーサイス王国の象徴だ。

道すがら集めてきた朝露を、そっと葉に落とす。するとそれは光の粒となって弾《はじ》け飛び、きらきらと輝きながら地面に降り注いだ。

「……今日も綺麗《きれい》ね」

微笑《ほほえ》みながら、フローラは祈りの言葉を歌うように口ずさむ。

輝かしい黄金色の髪が風に揺れ、新緑の瞳《ひとみ》が優しく細められた。

「……あら？」

そこに白い毛玉のようなものが姿を現す。

人間の頭よりも少し小さいくらいのそれは、ふわふわとした綿毛のような体をしていた。てっぺんには色あせた花冠《はなかんむり》が載っている。

ここのところ、よく見かけるようになったのだが、何者なのかはわからない。

いつも目が合うとすぐに逃げていくのだが、今日は違った。

じっと見つめてくるつぶらな黒い瞳を見て、フローラは思わず笑みが浮かんでくる。

「あなたもひとりぼっちなの？　私と一緒ね……」

そう言うと、白い毛玉はまるで首を傾《かし》げるかのように揺れた。それからゆっくりと近寄ってきて、ちょこんとお座りをする。

フローラがおそるおそる手を近づけると、白い毛玉は警戒することなくすり寄ってきた。その感触はとても柔らかく気持ちがよい。

「ふふ……この妖精番のお仕事も、悪いものではないわね。毎日が穏やかで平和だもの」

白い毛玉を撫《な》でながら、フローラは穏やかな声で呟《つぶや》く。

もしかしたら、この白い毛玉が妖精かもしれないと、ふと思う。

人前に姿を現すことはないと言われる妖精だが、この子からは不思議な力を感じるのだ。

「……なんてね。そんなわけないかしら」

苦笑いを浮かべながら独《ひと》り言《ごと》のように呟いたときだった。

ぽつりぽつりと雨が落ちてきて、たちまち空は灰色に染まっていく。

「あ……」

白い毛玉はフローラの手からすり抜けて、森の奥へと消えていった。

あっという間の出来事で、フローラは呆然《ぼうぜん》と見送ることしかできない。

寂《さび》しくなった手を引っ込めたところ、花の香りを乗せた風が吹き抜けた。

ざわめく木々の葉の音を聞きながら、フローラは後ろを振り返る。

「……っ⁉」

そこにはいつの間にか一人の青年がいた。

銀色の髪に琥珀《こはく》色の瞳をしていて、すらりとした長身の持ち主である。年の頃《ころ》は二十歳に届くか届かないかといったところだろうか。

整った顔立ちは凜々《りり》しく、どことなく気品を感じさせる雰囲気《ふんいき》があった。

彼は驚いたような表情をしてこちらを見ていたが、やがてゆっくりと歩み寄ってくる。

そして、目の前まで来て足を止めると、まじまじとフローラの顔を見つめながら、こう問いかけてきた。

「……妖精番の娘か？」

落ち着いた声音《こわね》には、堂々とした響きがある。

フローラは戸惑いながらも頷《うなず》いた。

「は、はい。私は……わ、わた……し……」

名乗ろうとするフローラだが、自分の名前が口から出てこない。

フローラ、という自分の名を忘れたわけではない。どうして言えないのかと焦《あせ》れば焦るほど、喉が締めつけられるように苦しくなっていく。

そこで、はっと息をのんだ。原因はすぐに思い当たる。

——そうだ、自分の名前も身分も失ってしまったのだ。あの魔女によって……。

第一章　奪われた過去

カーライル王国の王女であるフローラは、今年で十六歳となる。それに合わせるように、フォーサイス王国の王太子アドルファスに嫁《とつ》ぐことが正式に決まった。

花嫁修業の一環として、結婚式を挙げる一年前よりフォーサイス王国に赴《おもむ》き、彼の婚約者として過ごすことになる。

隣国との友好を深めるための政略結婚ではあったが、フローラはそのことに不満はなかった。王女として生まれた以上、いつかは他国へ嫁いでいくことは覚悟していたからだ。

しかし、侍女がもたらした知らせを聞いて、フローラは愕然《がくぜん》とする。

「隣国の王太子は冷酷で、残虐《ざんぎゃく》な方だと聞き及んでおります。気に入らぬ相手は拷問《ごうもん》にかけたり、殺したりするとか……。フローラさま、どうかご注意くださいませ」

「えぇ……？」

侍女の言葉を聞いたフローラは、戸惑《とまど》いの声を上げた。

「そ、そんなに恐ろしい方なの？」

「はい、なんでも幼い頃《ころ》から戦場に出て、敵兵を斬り刻んでいたとか……。味方からも恐れられるほど、冷酷非情なお方らしいですわよ」

フローラはごくりと唾《つば》を飲み込んだ。

「そ、そうなのね……」

「それに……何人もの妾《めかけ》を囲っていて、飽きれば処刑しているとの噂《うわさ》もございます。それも、とても口には出せないほど残酷な方法だとか……」

「え……！」

「肖像画もまるで悪魔のようにおぞましく描かれていて、見る者の背筋《せすじ》を凍らせる姿でしたわ。フローラさまはご覧にならないほうがよろしいかと……。あぁ、なんて恐ろしい……」

不安そうな顔をする侍女を見て、フローラはさらに困惑した。

「そんな……怖い方に嫁がなければならないなんて……」

まだ見ぬ未来の夫への恐怖と嫌悪《けんお》がわき上がり、フローラはぎゅっと身を縮こまらせた。

政略結婚なのだから、愛がないのは仕方がない。

だが、互いに尊重し合い、信頼関係を築いていきたいと願っていたのだ。

もしかしたら、ゆっくりと愛を育てていけるかもしれないという淡い期待もあった。

しかし、その夢は潰《つい》えたようだ。

フローラは絶望的な気分になった。目の前が真っ暗になるような感覚に襲われる。

震えそうになる手を握りしめながら、それでも嫁ぐのが己の義務であり運命なのだと、自分に言い聞かせる。

「フローラさま、このお話はお断りいたしましょう！　わざわざ殺されに行くようなものですもの……！」

必死の形相《ぎょうそう》を浮かべてそう訴える侍女に、フローラは力なく微笑《ほほえ》んだ。

「いいえ、それはできないわ。あなただってわかっているでしょう？　私の意思なんて関係ないっていうことを……」

フローラは第一王女ではあるが、今は亡《な》き前王妃の娘であり、継母《ままはは》となる現王妃とは折り合いが悪い。父である国王とも疎遠《そえん》だった。

そのため、フローラの立場はとても弱いのだ。

政略結婚のための駒として、利用価値があるからこそ生かされているにすぎない。

「うっ……そ、それは……」

痛いところを突かれ、侍女は言葉を失う。

「ありがとう、心配してくれて。でも大丈夫よ。きっとなんとかなるから……」

フローラは再び笑顔を作ると、安心させるように侍女の手を握った。

侍女は泣き出しそうになるのをこらえるように、フローラを見つめる。

「フローラさま……どうかお気をしっかり持ってくださいませ。いざとなれば、このウィロウが王太子に噛《か》みついてでも、止めてみせますわ！」

「ふふっ、ありがとう。心強いわ」

力強く言い放つ侍女の姿に、フローラは思わず笑みをこぼす。

彼女は長く仕えてくれている侍女のウィロウだ。

そばにいなかった頃を思い出せないくらい一緒に過ごしている。誰《だれ》も彼女がいつから仕えているかを答えられないほど、当たり前の存在になっていた。

そのためか、彼女だけは心の底からの味方のように思えるのだ。

「……あなたがいてくれてよかったわ。この寂《さび》しい城の中で、あなただけが私の支えになってくれているのだから」

「まぁ、フローラさまったら……」

照れたような表情をするウィロウだったが、すぐに真剣な顔つきになる。

「フォーサイス王国にも私をお連れくださいませ。それが私の望みですわ」

ウィロウの申し出に、フローラは顔をほころばせた。

立場の弱いフローラの嫁ぎ先までついてきてくれる侍女など、彼女くらいのものだろう。

貧乏くじを押しつけられたようなものだ。それなのに、自らの望みとして同行したいと言ってくれる。

そんな彼女の気持ちが嬉《うれ》しかった。

「ええ、もちろんよ。これからもよろしくね」

フローラの言葉を聞き、ウィロウは満足げに笑う。

その表情が、なぜか一瞬だけ歪《ゆが》んで見えたような気がする。しかし、瞬《まばた》きするといつもどおりの顔に戻っていた。

フローラは首を傾《かし》げるが、気のせいだったのだろうと思い直す。

「では、準備をして参りますわね。フローラさまのお命が一日でも永らえるよう、最善をつくしますわ」

ウィロウは深く頭を下げると、部屋を出ていった。

一人になったフローラは、再び不安に苛《さいな》まれる。

自分はいつまで生きられるのだろうか。

いくらなんでも、政略結婚で嫁いできた王女を簡単に手にかけるとは思えない。だが、先ほどからのウィロウの言葉が脳裏に蘇《よみがえ》り、嫌な想像ばかりしてしまう。

このまま嫁いだ先で、殺されるのではないか。いや、きっと殺される。

そんな恐怖に駆られ、フローラは両手で自分の身体《からだ》を抱きしめる。

「どうしよう……怖くて仕方がないわ……」

フローラは不安を吐き出すように呟《つぶや》くと、目を閉じた。

「大丈夫、きっとうまくやれるわ……」

そう自分に言い聞かせてみたけれど、心を覆う暗雲は晴れなかった。

その後、とうとう旅立つ日がやって来た。

フローラは馬車に乗り、フォーサイス王国へと向かう。

馬車の中で震えながら、フローラは祈るような気持ちで外の風景を眺めていた。

これから自分はどんな目にあうのか、想像すると恐ろしくてたまらない。

そうして馬車は順調に進み、やがてフォーサイス王国に入った。

もうじき到着となると、フローラは恐怖で身体が強張《こわば》ってしまう。胸の鼓動も速くなり、冷や汗が流れてきた。

「フローラさま……やはりおやめになったほうがよろしいのでは」

向かいに座っている侍女ウィロウが心配そうに声をかけてくる。

「いいえ、ここまで来たのですもの。今さら引き返すわけにはいかないわ。王女として嫁ぐことが私の義務なのよ。私、頑張《がんば》るから……」

フローラは震えながらも、必死に笑みを浮かべる。

「それに、国に戻ったところで私の居場所などないわ。継母である王妃さまに疎《うと》まれているし、父王は私に無関心だもの。私の味方なんて、あなただけよ……」

「フローラさま……」

ウィロウは泣き出しそうな顔で、フローラの手を握った。

そのまましばし俯《うつむ》いていたウィロウだが、意を決したように顔を上げる。

「私が身代わりとなりましょう」

「えっ⁉」

フローラは驚いて目を丸くした。

「ど、どういうこと？」

「私なら、フローラさまと背格好も似ております。髪と瞳《ひとみ》の色も近いですし、十分ごまかしがきくでしょう。幸いにして、隣国ではフローラさまを直接知る者はおらず、肖像画でしか見たことがないようですから」

確かにウィロウは、フローラよりくすんでいるが金色に近い髪をしていて、瞳の色は暗い緑色をしている。顔立ちは似ているとは言えないものの、肖像画しか知らないのならば十分に通用するだろう。

「でも、そんなことをしたらあなたが……」

「フローラさまが無事であれば、それでよいのです」

穏やかに微笑みながら、ウィロウは断言した。

しかし、フローラは納得できない。

「よくないわ！　だって、そんなこと……あなたを犠牲にするなんて……！」

「私はフローラさまの母君である、前王妃さまに命を救われた身です。今は亡き王妃さまへのご恩返しをさせてください」

強い意志を込めた瞳に見つめられ、フローラは唇を噛みしめる。

ウィロウは時折、フローラの母への恩を口にしていた。母に命を助けられたからこそ、自分がこうして侍女として仕えていられるのだと。

フローラは母のことをほとんど覚えていない。幼い頃に亡くなってしまったからだ。

いったいどれほどの恩を受けたのか。尋ねてみようとしたことはあったが、いつもはぐらかされてしまうため、聞けずじまいだった。

「私にとっては、フローラさまがそのような恐ろしい相手に嫁ぎ、つらい思いをされることのほうが耐えられません」

ウィロウはさらに強く、フローラの手を握る。

その真剣な姿を見て、フローラの心は揺れた。

彼女にとっては、フローラの母への恩を返す機会でもあるのだ。それを奪う権利は、自分にはないのではないか。

そうだ、フローラのためだけではない。ウィロウ自身のためにも必要なことなのだ。

これは己の責務から逃げるのではなく、彼女の心を救う行為なのかもしれない。

そうした思いが甘くフローラの心をくすぐった。

「フローラさま、お願いします」

そこに、懇願の眼差《まなざ》しを向けられて、フローラの心は陥落した。

「わかったわ。ウィロウがそこまで言うのなら……」

「ありがとうございます」

フローラが静かに告げると、ウィロウはほっとしたように表情を緩めた。

「それでは、これからは私が王女フローラとなります。フローラさまは侍女として同行していただきますね」

「ええ。わかったわ」

「役割を宣言しておきましょう。私が王女フローラ、あなたは侍女」

そう言って、ウィロウは続きを促すようにフローラを見つめた。

フローラは小さく頷いて、口を開く。

「私は侍女、あなたが王女フローラ」

そう口にした途端、不思議な感覚が身体中を満たしていく。

自分が自分ではない誰かへと変わっていく気がした。同時に、目の前にいる侍女ウィロウもまた、別の人間のように感じられて、なんだか落ち着かない気分になる。

「これでよし、と」

満足げに微笑むウィロウを見て、フローラは嫌な予感を覚えた。

「ねえ……え……？　あれ……？　ど、どうして……」

言葉が出てこない。先ほどまで、すらすらと言えたはずの名前が出てこないのだ。

「え……あ……うぅ……」

フローラは焦りながら口をぱくぱくさせた。何度も声を出してみるが、喉が詰まったようになって、うまく言葉を紡《つむ》げない。

ウィロウの名も、フローラの名も、どちらも呼ぼうとするたびに苦しくなる。まるで何かにせき止められているかのようだ。

「どうして……どうして……？」

困惑するフローラに、ウィロウは落ち着いた声で告げる。

「あなたを守るためです。あなたはもう王女フローラではありません。私の侍女なのですから」

「そ、そうなのね……」

フローラは驚きながらも、どうにか頷く。

そんなフローラに、ウィロウは淡々と説明をする。

「ついうっかり名前を呼ぶことで正体を悟られる恐れもあります。なので、名前を口にすることはできなくしました」

「そんな……そんなことって……」

あまりの話の衝撃に、フローラは呆然としてしまう。

そんなことが可能なのか。信じられない。

「申し訳ありませんが、こうするしかなかったのです。これも全《すべ》て、あなたのためなのですよ」

ウィロウは優しい口調でそう言ったが、フローラは愕然としたまま動けなかった。

どうやったのかを尋ねたいのに、なぜか声は出てこない。

だが、これまでずっと仕えてくれたウィロウのやったことだ。これもフローラを思ってのことなのだから、きっと間違いはないのだろう。

そう思いながら、フローラはどうにか心を落ち着けようとする。

「さて……そろそろ到着するようです」

馬車が速度を落とし始めたことに気づき、ウィロウはフローラを促した。

「ほら、降りる前に服を取り替えますよ」

「え……？」

「もうあなたは侍女なのです。しっかりなさい」

厳しい視線を向け、ウィロウは冷たく言い放つ。

フローラはびくりと肩を震わせた。

これまでの優しい彼女とは違う、別人のような雰囲気《ふんいき》だ。

「あ……はい……」

心のどこかが警鐘を鳴らしているようだったが、ウィロウの目を見るとぼんやりと掻《か》き消えて、何も考えられなくなる。

フローラは言われるままに、ぎこちない動きで立ち上がると、ドレスを脱いで代わりに侍女の衣装を身に着けていった。


フォーサイス王国の王都にある城に到着したフローラは、侍女としてウィロウに付き従う。

自国からやって来た従者たちは、その様子をただ見守るだけだった。

フローラが王女であることを知っているはずなのに、侍女として振る舞っていても何も言わない。動揺した気配《けはい》すらなかった。

フローラはそのことに違和感を覚えながらも、問いかけるわけにもいかずに黙っていた。

「こちらへどうぞ」

城内を案内され、やがてたどり着いたのは謁見《えっけん》の間だった。

玉座にはフォーサイス王国国王らしき男性が座り、騎士たちが控えている。

「よく来てくれた、フローラ姫。あいにく、そなたの夫となる王太子アドルファスは所用があって不在だが、すぐに戻ってくるだろう」

そう言って、フォーサイス王国国王は柔和な笑みを浮かべる。

「お初にお目にかかります、陛下。私はカーライル王国第一王女フローラと申します」

ウィロウが偽りを名乗りながら、優雅な仕草で礼をした。

それに倣《なら》うように、フローラも頭を下げる。

「ほう、これは美しい……。愚息にはもったいないくらいだ」

国王はウィロウを眺めながら感嘆の吐息を漏らす。

「恐れ入ります」

「うむ、今日はゆるりと休むとよい。部屋を用意してある。そなたの侍女は、一人だけか？他《ほか》の者は？」

「他の者は、別室に待機しております。実は陛下にお願いしたいことがありまして……」

「ん、何かね？」

「この侍女なのですが、実は物覚えが悪く、ろくに仕事ができない有様《ありさま》でして。しかし、身寄りがないために捨て置くこともできず、こうして連れて参りました。よろしければ別の仕事を割り振っていただけないかと……」

ウィロウの言葉を聞きながら、フローラは思わずぎょっとしてしまった。

彼女は何を言っているのか。フローラは抗議の目を向けようとしたが、ウィロウが無言でじっと見つめてきたので、慌てて顔を伏せた。

きっと何か考えがあってのことだと、己に言い聞かせる。

「ふむ、それは大変であったろう。そうだな、何かあっただろうか……」

考え込むような素振《そぶ》りを見せる国王に対し、ウィロウはさらに言葉を続ける。

「この国には『妖精番』という役職があるとお聞きしました。この者にその役目を与えてはいただけないでしょうか」

「ああ、確かにそのようなものがあるな。それにしても、よく知っておるな。他国の者ならば、まず知らぬと思うのだが」

不思議そうな顔で首を傾げる国王だったが、ウィロウはさらりと告げる。

「嫁ぐ国のことですから、勉強いたしました」

「ほう、勤勉なのだな。素晴らしいことだ」

感心したように微笑みを浮かべた国王は、それから少し考えた後、口を開く。

「よいだろう。では、今すぐ手配しよう。……おい」

「はい」

近くにいた侍従が応《こた》え、足早に退室していった。

「あの……私……」

フローラは小さな声で訴えたが、ウィロウは無表情のまま口を開く。

「静かになさい。これからは私があなたの主人なのですから」

冷たく言い放たれ、フローラは唖然《あぜん》とウィロウの顔を見つめることしかできない。

先ほどの悪し様《あざま》な発言も、きっとフローラを守るためなのだ。そう思おうとしても、なぜか胸がざわつくのを止められなかった。


その後、フローラは侍従に連れられて城を出た。

フローラのために用意され、自国から持ってきた婚礼の品々は、今やウィロウのものとなっている。

着の身着のまま追い出されるような形になり、フローラの心には不安しかなかった。

城の奥の庭園を歩いて行くと、大きな木が遠くに見える。うっそうとした森に囲まれながらも、一際《ひときわ》存在感を放っている大木だった。

「あの木が、妖精の木と呼ばれているものだ」

案内する侍従が、ぽつりと口を開く。

「あそこにいるのが妖精だと言われている。まあ、見たことはないが」

苦笑いを浮かべながら、彼は続けた。

「この国は妖精の加護を受けているとされているんだ。だから、妖精に供物《くもつ》を運び、祈りを捧《ささ》げる。それが、『妖精番』の仕事だよ」

「……はい」

フローラは小さく返事をすると、俯き加減に歩き続ける。

「まあ、妖精なんて昔のおとぎ話だろうけれどね。伝統として続けてはいるけれど、面白《おもしろ》みも旨《うま》みもない役割だと、みんな思っているよ」

「そうですか……」

フローラは力なく相槌《あいづち》を打った。

今はどんな言葉も耳を通り抜けていくだけだ。ウィロウの真意がわからず、不安ばかりが大きくなっていく。

そうしているうちに、目の前には大きな池が現れる。向こう岸までかなり距離があり、とても飛び越えられそうにはない。

石造りの大きな橋がかけられていて、フローラと侍従はそこを渡っていった。

渡り終えたところには、まるで砦《とりで》のように立派な門があった。落とし格子《ごうし》は下ろされておらず、開け放たれている。

そこには一人の少女が立っていた。フローラと同年代くらいのようだ。彼女はフローラの姿を見つけると、顔を輝かせて駆け寄ってくる。

「あなたが新しい妖精番？」

「え、はい……そうです」

戸惑いながらも答えると、彼女はにっこりと笑う。

「やったあ！　これでやっと解放されるわ！」

嬉しそうに飛び跳ねる彼女に、フローラは唖然としてしまう。

「おいおい、きちんと引き継ぎをしていかないと駄目じゃないか」

侍従は呆《あき》れた様子でため息をつく。

「いいじゃない。どうせ、することなんてろくにないわよ」

「そんなことないよ。ちゃんと教えてあげないと」

「えー？」

不満げな声を上げる彼女とそれを諫《いさ》める侍従を見て、フローラは呆然と立ち尽くしていた。

何が起こっているのか、さっぱりわからない。

「仕方ないわね……いちおう、案内してあげるわ。この門の先が妖精の庭よ」

「え……ええ……」

フローラは半ば引きずられるようにして、その場から連れて行かれた。

妖精の庭という名ではあったが、庭というよりは森に近い。木々が生い茂り、草花が咲き乱れるその場所は、どこか現実離れした光景が広がっている。

しばらく歩くと、開けた場所に出た。

そこには小屋のような建物が建てられていた。丸太を積み上げたような質素な造りだが、包み込まれるような安心感がある。

中に入ると、一人で暮らすには十分すぎるくらいの広さがあり、住み心地のよさそうな空間だった。

「ここが寝泊まりするところ。好きに使って」

「はぁ……」

フローラは気のない返事をしたが、彼女は気にすることもなく続ける。

「妖精番の仕事だけれど、妖精に捧げるための品を用意するの。でも、そんなの誰も見ていないし、正直やる意味ないのよね」

「え……」

「だって、お供えしたところで、何も起こらないもの」

あっけらかんと言い放つ彼女の言葉に、フローラは困惑した。

「そんな……」

「まあ、形だけのお仕事ってところね。妖精の木周辺の雑草取りさえやってれば、あとは自由時間だし」

「は、はあ……」

フローラは生返事をするが、彼女は気にせず喋《しゃべ》り続けている。

「最初は楽でいいわと思ってたんだけど、退屈なのよ。ここって隔離されていて勝手に出られないから、出会いもないし。こんなんじゃ、恋人もできないわ」

「そ、そうなんですね……」

「だから、早く誰かが代わってくれないかなーって思ってたの。よかった、ようやく来てくれて」

にこにこと微笑む彼女を見ながら、フローラは戸惑っていた。

どうやら、フローラが想像したよりもずっと、妖精番という役職は軽いものだったらしい。

「あなた、見た目も地味でぱっとしない……いえ、物静かで真面目《まじめ》そうだから、ちょうどいいかもね。くすんだ色合いの髪と瞳が、なんだかしっくりくるし」

「はあ……」

フローラは首を傾げつつ、曖昧《あいまい》に返事をした。

自国では、容姿に関しては政略結婚に使えると評価され、悪く言われたことはなかったのだ。

しかし、ここではどうやら違うようだった。

ただ、それはまだしも、髪と瞳の色合いがくすんでいるというのは、どういうことだろうか。

フローラの黄金の髪と新緑の瞳は、いつも鮮やかだと褒められていた。それがくすんで見えるとは、とても信じられない話である。

ところが、彼女はフローラの様子など意にも介さず、さらに口を開く。

「じゃあ、よろしくね。私はもう行くから」

「え……？」

「やっと解放されたんだから、色々やりたいことがあるのよ。あ、そうだった。妖精の木の奥には入らないようにね。過去に消えてしまった妖精番がいるらしいわ」

「消えた……？」

不穏な言葉を聞き、フローラは眉根《まゆね》を寄せた。

「ええ。奥には森が広がっているから迷ったのか、それとも妖精を怒らせたのか……魔物がいるという話もあったわね。とにかく、奥に行くと危ないから絶対に近づかないこと。いいわね？　それじゃ」

一方的に告げると、彼女はさっさと出ていった。

残されたフローラは途方に暮れる。

「どうしてこんなことに……」

思わず呟いたが、すぐに自嘲《じちょう》気味な笑みを浮かべた。

そもそも、この国へやって来たのは、王太子アドルファスとの結婚のためである。

それなのに、彼の恐ろしい評判を聞いておじけづいた。その結果、侍女ウィロウと入れ替わり、このような扱いを受けることになったのだ。

つまり、フローラが逃げ出したことが原因と言える。

「私が悪いのね……私が……逃げたから……」

フローラはぽつりと呟いた。

しかし、今さら後悔しても遅い。

「元に戻るのも、もう無理ね……名前を言えないのだし……私……わた、し……」

今は他に誰もいないのに、自分の本当の名前を口にすることができない。

これはいったいどういう仕組みなのだろうか。考えたところで、答えなど出るはずもない。

ただ、これまでずっとフローラに仕えてくれたウィロウが、おかしなことをするはずがないと思う。

妖精番は閑職のようだが、それは人々と接する機会が少ないということでもある。そうした位置にフローラを置いて、守ろうとしてくれたのだろう。

そもそも、ウィロウは身代わりとなって、フローラを恐ろしい王太子から逃がしてくれたのだ。彼女がこれからどのような目にあうのかを思えば、今のフローラの境遇など嘆くようなものではないはずだ。

そう思いながらも、フローラの胸には何かが引っかかっていた。

「……ううん、考えないようにしましょう」

小さく首を左右に振り、フローラは自分に言い聞かせるように呟く。

「それよりも、私にできることを考えないと……」

ここでの生活に慣れるしかないだろう。せめて自分に与えられた妖精番という仕事をきちんと果たすべきだ。

フローラはそう考えて、気持ちを切り替えることにした。

「妖精の捧げ物の用意をしなくては……でも、何をすればいいのかしら……」

とりあえず室内を見回してみると、生活に最低限必要なものがそろっていることがわかる。テーブルと椅子《いす》があり、食器類なども一通り足りているようだ。

階段を上ってみると、ベッドの置かれた部屋がある。書き物をする机もあり、その横には本棚が置かれていた。

「何か参考になるものがあるかもしれないわ」

そう考え、フローラは本を手に取ってみる。どうやら過去の妖精番の日記のようだった。

ぱらぱらとページをめくっていくと、日々の仕事について書かれていた。

妖精への捧げ物は、花や果物などが多いようだ。それらを木の近くに置き、祈りを捧げるらしい。

「それだけでいいなら、簡単ね」

フローラはほっと安堵《あんど》の息を吐く。これならば、自分にもできそうだった。

王女として育ったフローラは、当然ながら家事の経験はない。

それでも、王城では敬遠されていたため、簡単な身の回りのことくらいは自分でできる。家事もその延長線上にあるものだろうから、頑張っていくしかない。

「ええと……お掃除して、お料理をして……そうやって生活していくのよね。道具はどこにあるのかしら？」

二階には部屋が一つしかないようだったので、フローラは一階に戻って探してみる。

すると、奥に物置部屋らしき場所を見つけた。

中に入ってみると薄暗く、埃《ほこり》っぽい臭いが充満している。

「うっ……」

フローラは口と鼻を押さえながら、必死に息を止めた。

やがて目が慣れてくると、そこは雑多に物が積まれた場所であることに気づく。長年使われていないようで、様々なものが置かれていた。

「桶《おけ》……？　これを使って水を汲《く》んでくればいいかしら？」

フローラは木桶を見つけると、外へ出た。持ち手がついていて、あまり力のないフローラでも片手で軽々と持てる。

「ええと、水はどうすればいいのかしら……」

どこかに井戸があるのだろうか。それとも、来る途中にあった池から汲んでくるのだろうか。

そんなことを考えつつ木桶を見ると、側面に雫《しずく》のような模様が描かれていた。

「これは何なのかしら？」

不思議に思って、フローラは片手で木桶を持ったまま、もう片方の手で模様にそっと触れてみる。

するとその途端、木桶がずっしりと重たく感じられた。

「きゃっ⁉」

フローラは驚いて、思わず木桶を落としてしまいそうになる。

かろうじて両手で支えたが、揺れた木桶から水がこぼれた。

「ど、どうして水が……？」

フローラは混乱しながら、木桶の中を覗《のぞ》いてみる。すると、先ほどは空っぽだったはずなのに、今はいっぱいに水が入っていた。

「え……？」

フローラはおそるおそる手を入れてみる。

ひんやりとした感触が伝わってきて、さらに驚いた。

「冷たい……」

どうやら本物の水のようだ。

そっとすくって飲んでみると、美味《おい》しい。

「これってどういうこと……まさか、魔法？　そういえば、魔道具というものがあると聞いたことがあるわ」

昔は魔法がもっと身近なもので、日常的に使われていたという話を思い出した。

現在は失われて久しい技術だが、そういったものが残っているのかもしれない。

「ということは……」

フローラは水の入った木桶を持って、台所に向かう。そこにあった水瓶《みずがめ》に木桶の水を注いだ。

それから、空っぽになった木桶の模様に再び触れてみる。すると、また水がいっぱいになった。どうやら、この模様に触れると水を出すことができるようだ。

「まあ、すごいわ。でも、どうしてこんなことができるのかしら」

フローラは首を傾げるが、わかるはずもないので考えるのをやめた。

おそらく、この木桶は魔道具なのだろう。

「こんな不思議な道具があるなんて、やっぱり妖精に祝福された国なのね。まだ魔法が身近にあるんだわ……」

フローラはしみじみと呟く。そして、ふと気づいた。

「もしかして、私が名前を言えないのも、魔法……？　ということは……」

まさか、ウィロウは魔女だったのではないだろうか。

そう考えると、色々と合点《がてん》がいく。

どうやらウィロウはこの国のことについて詳しいようだったが、それは彼女が魔女だったからなのかもしれない。この不思議な国には、魔女くらいいても不思議ではないだろう。

ただ、魔女とは悪魔に仕える悪しき存在だと聞いたことがある。

それならば、フローラは守ってもらったのではなく、名前と身分を魔女に奪われたのではないか。

恐ろしい考えが浮かんできて、フローラはぶるりと身を震わせる。

「……そんなことはないわ。そんなこと……」

フローラは自分に言い聞かせるように呟いた。

ウィロウはずっとそばにいてくれたのだ。信頼もしている。彼女を疑うことなど、したくはない。

「そうよ、魔女にもきっと色々あるんだわ。優しい魔女だって……」

フローラはそう結論づけて、考えることに蓋《ふた》をした。

「それよりも、もしかして物置にある他の物も魔道具なのかしら」

フローラは気持ちを切り替えて、もう一度物置の中に入る。埃をかぶった調理器具やランプ、箱など様々な物を見つけた。

よく見れば、どの品にも何らかの模様が刻まれていた。炎のようなものだったり、水のようなものだったりと、模様の種類は異なるが、それが魔道具の証《あかし》なのだろうか。

試しにティーポットを手にすると台所に行き、水を注いでみる。そして炎のような模様に手を触れると、今度は一瞬でティーポットにお湯が沸いた。

「すごい……」

フローラは呆然と呟いた。

これならば、生活に不便を感じることはなさそうだ。

「不思議ね……でも、どうして埃をかぶっていたのかしら。前の妖精番の子は、こんな便利な物を使わなかったの？」

疑問に思ったフローラだったが、すぐに考えることをやめた。

「……考えても仕方ないわね。とにかく、この調子で妖精さんに捧げるための品を用意しましょう。そうだわ、まずは妖精の木にご挨拶《あいさつ》に行かなくては」

フローラはそう呟いて、小屋を出た。

そびえ立つ妖精の木は、どこからでも見ることができる。そこに向かって、フローラは歩き始めた。

木々に囲まれ、柔らかな草を踏むとさくさくと音がする。穏やかな風が吹くたびに木々の葉がさやぐ音を聞きながら、ゆっくりと歩いて行く。

「気持ちのよい場所……」

妖精の庭の中は、心地よい静けさに満ちていた。

花々の香りが鼻孔《びこう》をくすぐり、鳥の鳴き声が響いてくる。木々の間から差し込む陽光は柔らかく、色とりどりの蝶《ちょう》が舞っている。

まるで物語に出てくる妖精の国のようだ。

途中に咲いていた可愛《かわい》らしい花を摘みながら歩いて行くと、妖精の木の前までたどり着く。

「大きい……」

フローラはその大きな幹を見上げて呟いた。

大人《おとな》が数人集まっても抱えきれないほどの太い幹は、まっすぐ空に向かって伸びている。葉は青々と茂り、風に吹かれてさらさらと涼しげな音を立てていた。

「これが……妖精の木……」

フローラは感嘆のため息を漏らす。これほど大きな木を見るのは初めてのことだった。

どっしりとして重々しい印象を受けるのに、同時に清廉《せいれん》な気配も漂わせている。それは、この木が長い年月をかけて、この国を見守ってくれている証のように感じられた。

「綺麗《きれい》……」

フローラは我を忘れて魅入《みい》った。

木の幹に触れると、不思議と心が落ち着く。まるでこの木がフローラの来訪を歓迎してくれているかのような感覚を覚えた。

「ええと、初めまして。私は……妖精番となった者です。よろしくお願いいたします」

フローラは木の幹に触れたまま、頭を下げる。

本当は名を名乗ろうとしたが、口に出せなかったので、このような挨拶になってしまった。

「お花をどうぞ」

そう言って、フローラは持ってきた花を根元に置いてみる。道すがら摘んできた花だ。

「妖精さん、どうかよろしくお願いしますね」

フローラは語りかけるように呟いた。

返事はなかったけれど、木の幹がわずかに震えた気がした。さわやかな風が心までくすぐるように吹いてくる。

「それでは、また来ますね」

フローラはにっこりと微笑むと、妖精の木を後にした。


こうしてフローラの妖精番としての生活が始まった。

初日は妖精の木から小屋に戻った後、色々と調べているうちに日が暮れてしまった。

台所に備蓄されていた食材を使って、スープを作ってみる。物置にあった鍋を持ってきて、水と食材を入れると、炎のような模様に手を触れた。

すると、あっという間にスープが出来上がる。

「便利ね」

フローラは感心して呟いた。

そっと鍋の外側に触れてみると、ほのかに温かい程度だった。しかし、中に入っているスープは湯気を立てている。

「不思議ね……」

フローラは首を傾げたが、深く考えるのはやめた。今は目の前の美味しい食事のほうが、重要だ。

それに、せっかく作ったのに冷めてしまってはもったいない。早速《さっそく》食べてみることにする。

「……うん、美味しい！」

一口食べただけで、思わず声が出た。自分で作った料理にしてはよくできたと満足する。

「こんなに簡単に作れて、しかもすごく美味しいなんて、魔道具ってすごいわ……」

フローラはしみじみと呟く。

それからゆっくりと味わいながら、食事を終える。

「そうそう、この食器が入っていた籠《かご》は何に使うのかしら？」

フローラは食器を片づけながら、物置から持ってきた籠を眺める。

中に入っていた食器はすでに取り出してあるが、それらは普通の食器のようだった。

籠は物置にあったのだから、魔道具なのだろう。調べてみると、側面に渦のような模様が描かれていた。

「もしかして……」

フローラは試しに汚れた皿を中に入れて、模様に手を触れてみる。

すると、皿が一瞬光り、綺麗になった。

「やっぱり！　すごいわ！」

フローラは歓声を上げた。

仕組みはわからないが、おそらくこれは洗うことができるのだ。

しかも、汚れが落ちるだけでなく、ピカピカになっている。

「これなら綺麗に使えそうね」

フローラは嬉しくなって笑みを浮かべた。

不安から始まった妖精番の暮らしだが、これからが少し楽しみになってくる。

「さあ、明日に備えてもう寝ましょう」

フローラは寝る準備をして、寝室に向かう。

「今日は疲れちゃった……おやすみなさい」

ベッドに入って目を閉じると、疲れからかすぐに眠りに落ちていった。

翌朝、フローラは目を覚まして身体を伸ばす。昨夜は疲れていたのでよく眠れたが、慣れない場所での目覚めは少し緊張した。

「おはよう……って、そういえば一人だったわね……」

ふと呟いてから、フローラは苦笑いする。

今までは侍女のウィロウがいたので、誰かがいる状態で朝を迎えるのは当たり前のことだった。それが急に一人で暮らすことになり、改めて孤独であることを実感する。

胸の奥にちくりと痛みが走るが、フローラは首を軽く左右に振って思いを振り払う。

「寂しくなんてないわよ。ええ、私は大丈夫……」

フローラは自分に言い聞かせるように、強がってみせる。

起きたばかりだが、頭はすっきりしていて、身体は軽い。

「さてと、朝食と捧げ物も準備しないと……」

ベッドから出て身支度を整え終わったところで、小屋の扉をノックする音が聞こえた。

「誰かしら？」

フローラは首を傾げつつ、扉へ向かう。そっと開けると、そこにいたのは、昨日、妖精の庭まで案内してくれた侍従だった。

「おはようございます。食料や着替えなどをお届けに参りました」

彼はそう言って、腕に抱えていた箱を置いてくれた。

「ありがとうございます」

フローラは微笑んで礼を言った。

これで、とりあえず食べ物や着替えに困ることはなさそうだ。

「今日は初めてなのでここまでお持ちしましたが、今度からは門まで受け取りにいらしてください。約十日に一度、支給品を置いておきますので」

「わかりました」

侍従の言葉に、フローラは素直に頷いた。

どうやら、物資は定期的に支給してくれるらしい。完全な自給自足ではなかったことに、少しほっとする。

「それでは失礼します」

侍従は頭を下げると去っていった。

その後ろ姿を見送ってから、フローラは扉を閉めて室内に戻る。

箱の中にはパンや果物といった食料の他、服や布などが入っていた。

「素敵ね」

箱の中に入っていた服は、素朴《そぼく》なデザインではあるが可愛らしいものだった。

白いブラウスと緑色のスカートで、胴衣《どうい》も緑色だ。その上からエプロンをつける。

物語の挿絵《さしえ》で見た、村娘が祭りのときに着る衣装に似ていた。

早速着替えてみると、ぴったりで動きやすい。

「ふふ……可愛い……」

フローラはその場でくるりと回った。

スカートがふわりと広がり、少し楽しい気分になる。

「さて、食材もいただいたし、朝食にしましょう」

フローラは台所に向かう。そこでスープを作ってパンと一緒に食べた。

魔道具の調理器具があるので、料理も簡単だ。食材を入れて鍋の模様に手を触れるだけで、温かい料理がすぐに出来上がるなど、本当に便利なものである。

食事を終えて片づけると、フローラは支給品の中にあった林檎《りんご》を持って小屋を出た。

「今日もよい天気ね」

雲一つない青空が広がっている。さわやかな風が吹くと、花の香りが鼻をくすぐった。

「妖精の木へ行きましょう」

フローラはそう呟いて歩き出す。

小屋から妖精の木までは、ちょっとした散歩になるくらいの距離だ。毎日歩くと、足腰を鍛えられるかもしれない。

昨日と同じように妖精の木まで到着すると、フローラはその根元に林檎を置いた。

太い根は土にしっかりと食い込んでいる。うっすらと苔《こけ》が生えた根の上に、鮮やかな赤い林檎がよく映えた。

「おはようございます」

幹に触れながらフローラが挨拶をすると、妖精の木はわずかに震えたような気がした。

「今日は林檎を持ってきました。どうか召し上がってください」

フローラはそう言って、木を見上げる。すると、木の幹がまた震えた。

「喜んでくれているのかしら？」

嬉しくなって、フローラは微笑む。

妖精の木と心が通じ合っているような感覚を覚えた。

「また来ますね」

フローラは手を振ってから、妖精の木を後にする。

そして、今日は妖精の庭を探索してみることにした。

「妖精の庭はどんな感じかしら」

フローラは少しの不安と、それを超える期待を胸に、わくわくしながら歩き出す。

見知らぬ場所を一人で散策するなど、初めてのことだ。何があるのかわからないが、この穏やかな森の中なら恐ろしいことはないと思える。

木漏れ日を浴びながら少し歩くと、開けた場所に出た。

目の前に広がる光景を眺め、フローラは目を見開く。

「わあ……！」

そこは美しい花園だった。色とりどりの花が咲き乱れ、芳《かぐわ》しい香りを放っている。

「すごいわ……」

フローラはその景色に圧倒された。まるで夢を見ているような感覚に陥るほど幻想的だ。

「素敵……！」

フローラは感動しながら、花園に足を踏み入れる。

ふかふかの芝生《しばふ》は柔らかく、とても歩きやすい。色とりどりの花は目を楽しませてくれるし、甘い香りが心地よい空間だった。

「ここでお昼寝したら気持ちいいでしょうね」

フローラは大きく深呼吸をした。花の香りと清涼な空気が肺を満たしていく感覚を味わう。

しばらくそこで景色を楽しんでから、フローラはまた別の場所へ向かうことにした。

さらに歩いて行くと、今度は大きな果実の生《な》る木を見つけた。

「まあ、美味しそう」

色鮮やかな果実がたわわに実っている。どれも新鮮なようで、甘い香りを放っていた。

「いい香り……」

フローラはうっとりとしながら果実の生る木を見上げる。

多くの果実は上のほうに生っていて、手が届かない。しかし、中には低い位置にも生っているものもあった。

「これなら届きそうね」

フローラはそう呟いて背伸びをすると、手近にある赤い果実を手に取った。

手のひらにちょこんと載るくらいの大きさで、艶《つや》のある真っ赤な皮に包まれている。見た目は林檎に似ているが、匂いは柑橘《かんきつ》系のようだった。

「早速いただきましょう」

フローラは笑顔で呟いて、そっと口に入れる。どうにか一口で食べられそうだ。

そのまま噛んでみると、瑞々《みずみず》しい果汁が溢《あふ》れ出た。甘酸《あまず》っぱい味が舌の上に広がる。

「美味しい……」

思わず頬《ほお》に手を当てて、フローラは感嘆の声を上げた。こんなに甘くて美味しい果物は初めて食べたかもしれない。

「もう一個食べちゃおうかしら？」

フローラはそう言って、二つ目の果実を口に入れた。

果肉は柔らかく、噛むと果汁が溢れ出す。何という果物なのかはわからないが、これは妖精の庭だけで採れる特別なものではないだろうか。

「ああ、幸せ……」

フローラは至福の笑みを浮かべながら、三つ目に手を伸ばした。

「……いけない、食べすぎちゃったわ」

夢中になって果実を食べていたフローラは、ふと我に返って苦笑する。

「他のところも見て回りましょう」

フローラは名残《なごり》惜しそうに呟いて、最後の果実を摘まみ上げた。

それから、再び妖精の庭を探検していく。

小川を見つけて水を飲んだり、花畑を駆け回ってみたり、思いつくままに行動していた。

「ふふ……楽しいわ。でも、本当に広いのね……庭というよりは小さな国みたい」

妖精の庭は広大だ。庭と呼ぶにはあまりにも広く、果てしない。

どこからでも妖精の木が見えるため、迷うことはないのだが、それでもどこまで続いているのか気になった。

たくさん歩いたが、身体はまだ元気で、疲れは感じない。清々《すがすが》しい気分が続いていた。

「もう少し奥のほうへ行ってみましょうか」

フローラは好奇心のままに足を進める。

妖精の木よりもさらに奥はうっそうとした森になっていて、あまり遠くへ行くと帰れなくなりそうな雰囲気があった。

「なんだか怖いわね……」

フローラは苦笑いを浮かべる。だが、ここまで来て引き返すのも惜しかった。

それに、ここは妖精の庭だ。危険なことなどあるはずがない。これまで歩いてきた場所だって、どこも綺麗で穏やかな風景ばかりだったのだ。

「大丈夫よね……」

おそるおそる、フローラは足を踏み出そうとする。

しかし、一歩だけ足を進めたところで、突然、全身を強烈な悪寒《おかん》が襲った。

「ひっ……!?」

フローラは悲鳴を上げて、その場に立ち止まる。背筋が凍るような感覚がして、動けなくなってしまった。

「なんなの……?」

恐怖を感じて、フローラは身を震わせる。心臓が激しく脈打ち、息苦しくなった。

この先は明らかに異質な場所だ。本能的にそう感じる。これ以上進むべきではないと警告されているような気分だ。

「そういえば……妖精の木の奥には入らないようにと言われたわね」

妖精番の前任者から聞いた話を思い出す。矢継ぎ早に説明されて、ほとんど聞き流してしまったが、確かそんなことを言っていたはずだ。

「……戻りましょう」

フローラは踵《きびす》を返して、今来た道を戻っていく。

とにかく、早くこの場から離れたかった。

「はあ……怖かった」

無事に妖精の木まで戻ってくると、フローラは安堵の吐息を漏らした。

まだ少し胸がドキドキしている。

あの異様な雰囲気は、普通ではない。きっと何かよくないものがいるのだろう。

妖精の木は、そういった存在から守ってくれているに違いない。

「やっぱり、ここに来ると安心するわ」

フローラは微笑むと、妖精の木を見上げた。

「ありがとうございます。今日はもう帰りますね」

フローラは妖精の木に礼を告げてから、小屋へと戻っていった。


それからの毎日、フローラは妖精の木に挨拶をして捧げ物をすると、妖精の庭を散策した。

妖精の木よりも奥に行かなければ、危険はないようだ。

フローラは少しずつ慣れていき、どこにどのようなものがあるか把握していった。

どうやら妖精の庭は完全に隔離されていて、出るためには門をくぐって橋を渡る必要があるようだ。池を泳いで渡れば外に出られそうではあったが、フローラは泳げない。

妖精の木よりも奥の森を通れば出られるのかもしれないが、そこには得体《えたい》の知れないものがいそうな気がする。

そもそも、出る理由もないのだから、深く考える必要はないだろう。

今日もフローラは、いつものように妖精の木のもとへやって来た。

毎日歩いているためか、足取りは軽くなっている。気分もよい。

「やっぱりここに来ると、ほっとするわね。元気をもらえるような気がするわ。さあ……これでよし、と」

用意したのは、色とりどりの花々である。小さな籠に入れて、それを木の根元に置く。

「後は祈るだけね」

フローラはそう呟くと、静かに目を閉じる。

「どうか、妖精さんが喜んでくれますように……」

そう祈ってから、しばらく経《た》った頃だった。

「きゃっ！」

いきなり強い風が吹いてきて、思わず悲鳴を上げる。

目を閉じて耐えていたフローラは、ようやく収まったのを感じて瞼《まぶた》を開いた。

「び、びっくりしたわ……」

心臓がドキドキと高鳴っている。

周囲を見回すと、いつもと同じ風景が広がっていた。

「今のは何だったのかしら……？」

首を傾げながらも、とりあえずフローラはその場を立ち去ろうとした。

そのとき、木の陰から視線を感じた気がして振り返る。

「……え？」

思わず声を上げた。

そこには、毛玉のような生き物がいたのだ。

「な、なに……あれ……？」

大きさは人間の頭よりも少し小さいくらいだろうか。丸っこい体はふわふわとした毛に覆われている。全身が白くて、顔らしき部分に二つの黒い点があった。その瞳は、まんまるでくりっとしていて愛らしい。

頭にはちょこんと載った花冠《はなかんむり》がある。それはまるで数十年の時を経たかのように色あせ、花もしおれてしまっていた。

「可愛い……」

思わず見惚《みと》れていると、それはそそくさと森の奥へ逃げてしまった。

「あっ……」

フローラは残念に思うが、追いかけるのは諦めることにする。

妖精の木より奥の森には、恐ろしくて近づきたくはない。

「……さっきのは何だったのかしら？　まさか、妖精……？　そんなわけないかしら……」

フローラは小さく笑うと、今度こそ踵を返した。

「また会えるかしら？」

次に会ったら、思い切って話しかけてみよう。フローラは心の中で決意する。

そして、次の日になると――。

「あ、昨日の子……」

再び同じ場所で白い毛玉を発見した。

今度は驚かさないよう、こっそりと近寄っていく。

「こんにちは」

優しく声をかけたつもりだったが、相手はびくんと体を震わせると、慌てて逃げ出してしまう。

「あ……」

フローラは寂しく感じたが、ここで無理に追いかけて嫌われたくはなかった。

仕方なく、そのままじっと見送る。

「あの子、また来てくれるかしら……？」

フローラは期待を込めて呟いた。


その後、フローラと白い毛玉はよく会うようになった。

しかし、目が合うとすぐに逃げ出すため、会話を交わすことはできない。

それでも、姿を見るたびに嬉しくなる。逃げ出すまでの時間も少しずつ長くなっているようだった。

「そういえば……幼い頃は不思議なものを見たり聞いたりすることがあったわね……」

フローラは懐かしむように目を細める。

たとえば、夜中に誰もいないはずの場所から物音が聞こえたり、一人でいるはずなのに誰かの声がしたり。そういったことがよくあった。

見知らぬ子と話していたら、周囲に不思議そうな顔をされたこともある。自分にしか見えていなかったのだと知ったときは驚いたものだ。

「そのせいで不気味だって、遠ざけられたこともあったけれど……」

フローラは当時を思い出しながら苦笑する。

王妃だった母を早く亡くしたフローラは、その後王妃となった継母に疎まれていた。城の中にあまり居場所がなく、小さくなって過ごしていたものだ。

それでも継母は跡継ぎとなる王子を産んで地位が安泰だったため、いずれ他国に嫁ぐフローラをわざわざいじめるようなことはなかった。

嫌そうな顔をされたり、ため息をつかれたりすることはよくあったが、それだけだ。

「もうずいぶん昔のことみたいね……」

思い出すとつらいこともあったが、今はこうして穏やかに過ごせている。

日を追うごとに、さわやかな気持ちになっていく。妖精の庭の清涼な空気によって、身も心も清められていくようだ。

一人が寂しいと感じることもあるが、フローラは新しい生活に満足していた。

——そしてあるとき、雨の中で一人の青年と出会ったのだ。

第二章　妖精の庭での逢瀬《おうせ》

名乗れずに焦《あせ》るフローラを、目の前の青年は不思議そうな顔をして眺めている。

このままではいけないと思ったフローラは、必死に頭を回転させた。

「え、ええと……私は、ララと申します」

幼い頃《ころ》の愛称を名乗る。無事に言えたことに、ほっとした。

「そうか。俺《おれ》は……ドルフという。騎士だ」

彼も名乗り、微笑《ほほえ》んだ。

どうやら不審に思われてはいないようだ。フローラは胸を撫《な》で下ろす。

改めて見ると、彼はとても整った顔立ちをしていた。

さらりと流れる銀髪に、琥珀《こはく》色の瞳《ひとみ》。背は高く、体つきもがっしりとしている。

何より、その身にまとう雰囲気《ふんいき》が高貴さを醸《かも》し出しており、おそらく高位の貴族だろうと察せられた。

騎士の平服らしき服だが、金糸で刺繍《ししゅう》された襟元や袖口、剣帯《けんたい》の留め具についた宝石が見えて、その予想が正しいことがわかる。

「……どうかしたのか？」

見つめすぎてしまったのだろう。彼が首を傾《かし》げた。

「い、いえ、その、ここに人が来るのが珍しくて」

フローラは慌てて答える。

ここは妖精の庭であり、隔離された場所だ。門は開いていたが、最初に支給品を届けてもらって以来、誰《だれ》かが訪れたことはない。

その後は支給品も門に置かれているだけで、誰かと顔を合わせることすらなかった。

「そうだな。確かに、ここには滅多に人は来ないだろう」

ドルフは納得したように言うと、周囲を見回してから、再び口を開いた。

「まあ、たまには見回りでもとな」

「そうですか……あっ」

相槌《あいづち》を打ったところで、ぽつりと雨粒が顔に当たった。

「大変です！　近くに小屋があるので、そちらに行きましょう」

フローラは慌てるが、彼は首を横に振る。

「いや、いい。これくらいなら平気だ。それよりも……」

「あっ！」

ドルフの言葉の途中で、フローラは声を上げた。

雨足がどんどん強くなっていく。このままでは、二人ともずぶ濡《ぬ》れになってしまうだろう。

「とにかく、こちらへ」

フローラは彼を急《せ》かすと、急いで自分が住んでいる小屋へと案内する。

「ここなら大丈夫でしょう」

ドルフを中に招き入れてから、扉を閉める。

それからチェストの引き出しを開けて布を手に取ると、彼のところに戻った。

「粗末なものしかありませんが……」

布を渡しながら言いかけたところで、フローラははっとする。

つい雨に濡れてはいけないと連れて来てしまったが、相手は初対面の男性なのだ。

久しぶりに他《ほか》の人間と会ったことに浮かれてしまい、失念していた。

こうして異性と二人きりで会うなど、初めてのことで落ち着かない。

「あ、あの……」

何を言ったらよいかわからずに戸惑《とまど》う。

すると、そんなフローラを見て、彼は楽しげに笑みを浮かべた。

「きみは優しいのだな」

「そ、そんな……」

目を細めながらかけられた言葉に恥ずかしくなって、フローラは思わず俯《うつむ》いた。

そんな様子を見て、彼は再び笑う。

「だが、本当に気にしないでくれ。この程度の雨で風邪《かぜ》を引くような鍛え方はしていない。まずはきみが拭くといい」

微笑みながら、ドルフは自分の身体《からだ》よりも先に、フローラのことを気遣《きづか》ってくれた。

紳士的な態度に、ますます頬《ほお》が熱くなる。

「あ、ありがとうございます……でも、布はまだありますから、お使いください」

「そうか？　それならばありがたく使わせてもらおう」

そう言うと、彼は自分の髪を軽く拭き始めた。

銀糸のような髪が、水滴を弾《はじ》いてきらめく。つい見惚《みと》れそうになってしまうフローラだったが、慌ててもう一枚布を取り出して、自分も頭を拭いた。

しばしの間、沈黙が流れる。

お互い無言のまま、雨音だけが響いていた。

「あの……よければ、そちらの椅子《いす》に座ってください」

「ああ、ありがとう」

フローラが指し示したのは、簡素なテーブルと二脚の椅子だった。

彼は素直に腰かける。その動作一つをとっても洗練されており、品のよさを感じさせた。

ただ、小さな椅子なので窮屈そうに見える。

「今、お茶をお出ししますね」

「そこまでしてもらわなくても……」

「私がそうしたいのです」

フローラは笑顔で告げると、手早く茶の準備をする。

魔道具のティーポットを使うと、すぐに湯が沸いた。慣れた手順を進めながら、ちらと後ろを振り返る。

すると、ドルフは呆然《ぼうぜん》とした顔でフローラを見ていた。

「あの……何か？」

「いや、魔道具を使ったように見えたが……？」

「はい、使いましたよ？」

それがどうしたというのだろうか。フローラは不思議に思いながらも、作業を続ける。

やがて、熱い茶の入ったカップが二つ用意された。

「お待たせしました」

「あ、あぁ……」

差し出されたそれを、ドルフは戸惑いがちに受け取った。

「熱いうちにどうぞ。……あ、まずは私が飲んでからですね」

フローラはにこりと微笑むと、自分の分にふーっと息を吹きかけてから、一口飲んだ。

いちおう、毒見のつもりである。もちろんフローラは変な物など入れていないが、礼儀として必要だと思ったのだ。

「……うん、美味《おい》しい」

ほんのりとした甘さが口に広がり、心が落ち着く気がした。温かいものが喉を通っていく感覚も心地よい。

「では、俺もいただこう」

ドルフはそう言うと、ゆっくりと口をつけた。

一口飲むと、驚いたように目を見開く。

「美味《うま》いな……」

呟《つぶや》いてから、彼はもう一口飲んだ。そして、ふっと表情を和《やわ》らげる。

「ありがとう。とても落ち着いた気分になった」

「それはよかったです」

喜んでくれたことが嬉《うれ》しくて、自然と顔がほころぶ。

そして、自分の分をゆっくり味わった。

しばらく二人で黙ってお茶を飲んでいると、視線を向けられていることに気づく。

「……どうかなさいましたか？」

「いや、すまない。ただ……今や魔道具を扱える者は滅多にいないはずなんだが……」

呟くドルフに、フローラは首を傾げる。

「そうなんですか？　模様に触れるだけで使えましたけれど……」

「そんな簡単なものではないはずだが……」

困惑気味に眉《まゆ》を寄せている彼を見て、フローラは不安になる。

「私、何か変なことをしているんでしょうか……」

「いや、そうではない。そうではないが……」

ドルフは首を横に振ったが、何やら考え込む様子を見せる。少しして、部屋をぐるりと見回し始めた。

「……ああ、あのランプは魔道具だな」

「はい、そうですよ」

彼が示したのは、部屋の隅に置いてある照明器具だ。

「ちょっと俺に使わせてくれないか？」

「え？　は、はい……」

フローラは一瞬戸惑ったものの、すぐに頷《うなず》いた。

立ち上がってランプを持ってくると、ドルフに手渡す。

彼は興味深そうに観察してから、ランプの側面に描かれた炎のような模様に触れる。

しかし、何も起こらない。

「えっ……？」

思わずフローラは声を上げた。

自分が使ったときは、模様に触れただけですぐに明かりがついたのだ。

どうしてだろうと疑問に思っていると、彼は苦笑しながら手を離す。

「やはり、この程度では反応しないようだな……」

「そ、そんな……壊れたのかしら……？」

フローラは慌てて、ランプの模様に手を伸ばそうとする。

すると、同時に伸びてきたドルフの手と重なった。どうやら彼も再び模様に触れようとしたところだったらしい。

「あ……」

驚いて動きを止めると、ドルフの琥珀色の瞳と目が合う。

吸い込まれてしまいそうだと思ったときには、もう遅かった。

フローラは動けなくなっていた。

心臓の鼓動が速くなり、頬が熱を持つ。

じっとこちらを見る彼の目には、不思議な引力があるようだった。

フローラは呼吸さえ忘れて、魅入《みい》られたように彼だけを見つめていた。

どれくらいの時間が流れただろう。実際には数秒ほどだったかもしれないが、フローラにはもっと長く感じられた。

やがて、彼はそっと目を伏せると、重ねたままの手を引いた。

「あ……」

我に返ったフローラは、小さく声を上げる。

「……すまなかった」

囁《ささや》くような声で言ってから、ドルフは顔を逸《そ》らす。

そのまま椅子に座り直すと、気まずそうにカップを口に運んだ。

「い、いえ……こちらこそ……」

フローラは俯きながら、消え入りそうな声で答えた。

まだドキドキしている胸を押さえながら考える。

先ほどまでの時間はいったい何だったのだろうか。

まさか男性と手が触れ合っただけで、こんなにも胸が高鳴るなどとは思ってもみなかった。

「あ、あの……」

何を言ったらよいかわからずに、フローラはぎゅっとスカートを握る。言葉は続かないまま、時間だけが過ぎていく。

「ええと……とにかく、魔道具を扱える者は珍しいということだ」

沈黙に耐えかねたように、ドルフが口を開いた。

「……は、はい」

フローラが絞り出すように答えると、彼はほっとしたような顔を見せた。

未《いま》だ落ち着かない気持ちを抱えながらも、魔道具が埃《ほこり》をかぶっていた理由がわかって、納得する。

これほど便利な物を前任者はどうして使わなかったのだろうと思っていたが、そもそも使えなかったようだ。

なぜフローラには簡単に使えるのかはわからない。ただ、もしかしたら不思議なものを見たり聞いたりする体質のせいだろうか。

「ところで、こういった能力があるのなら、妖精番などという閑職よりも、もっとふさわしい仕事がある。よかったら、紹介するが」

「え……」

唐突な申し出に、フローラは目を見張った。

しかし、言葉の意味を理解すると、慌てて首を横に振る。

「い、いいえ、私はここで十分ですから」

最初はどうなることかと思った妖精番の仕事だったが、今ではそれなりにやりがいも感じている。それに、今さらここを出るのは不安もあった。

「そうか……もし気が変わったら言ってくれ」

やや残念そうではあったが、ドルフはあっさり引き下がった。

「はい、ありがとうございます」

フローラはほっとしながら礼を言うと、カップを手に取った。

それから、二人の間には再び沈黙が訪れる。

だが、先ほどまでとは違い、どこか穏やかな空気が流れていた。

フローラはカップに口をつけながら、ちらとドルフの様子をうかがう。

すると、彼が何か言いたげな顔をしていることに気づいた。

「どうかしましたか？」

フローラが尋ねると、ドルフは視線をさまよわせる。

「いや……その……」

しばらくためらっていたが、やがて彼は意を決したように口を開いた。

「……よければ、またここに来てもいいだろうか」

「え……？」

思いもよらぬ申し出に、フローラは目を丸くする。

そんなフローラを見て、ドルフは少し慌てたように言葉を重ねた。

「いや、迷惑ならいいんだが……」

「……いいえ、迷惑なんてことはありません」

フローラは首を横に振る。むしろ、また会えることが嬉しいとさえ思っていた。

「そうか……よかった」

ドルフがほっと胸を撫で下ろすのを見て、なんだか微笑ましい気持ちになる。

初対面のはずなのに、親しみのようなものを感じる。

それは彼も同じようで、フローラを見つめる瞳には、温かな光が灯《とも》っていた。

いつの間にか雨は上がり、空には虹がかかっていた。

「では、また来る」

ドルフは立ち上がると、小屋の扉に手をかける。そして、もう一度フローラに振り返ると、優しく微笑んだ。

その微笑みはまるで陽《ひ》だまりのように温かくて、フローラも自然と笑顔になる。

こうして、ドルフとのささやかな交流が始まったのだった。


「こんにちは、ララ嬢」

「あ、ドルフさま！」

数日が過ぎた頃。いつものように森を歩いていると、ドルフが姿を現した。

「また来てくださったんですね」

フローラは嬉しくなって顔をほころばせる。彼の姿を見るだけで心が弾むようだった。

「ああ、きみに会いに来た」

ドルフはさらりと告げる。

その言葉が妙に気恥ずかしくて、フローラの頬が熱を持った。

しかし、同時に胸が高鳴るのを感じる。

「あ、ありがとうございます」

思わず声が上ずってしまった。

ドルフは、そんなフローラを見て楽しそうに微笑んでいる。

「きみにこれを渡そうと思って」

そう言って彼が差し出したのは、小さな花束だった。

「わぁ、綺麗《きれい》……」

受け取ったフローラは感嘆の声を上げる。

色とりどりの花が、可愛《かわい》らしく束になっていた。

「庭に咲いていた花を集めたのだが……気に入っただろうか」

「はいっ！　とても素敵です」

フローラは満面の笑みで答えた。

ドルフは、フローラの反応に満足したのか、柔らかに笑う。

「よかった。実は、こういった贈り物をしたのは初めてで……気に入らないと言われたらどうしようかと思っていた」

「そ、そうなのですか!?」

フローラは驚いて聞き返す。

これだけの美丈夫《びじょうふ》なのだから、今までもきっと引く手あまただったはずだ。

それこそ、女性からの贈り物だってたくさんあっただろう。

いや、もらう側であって贈る側ではなかったということだろうか。

「ああ。だから、受け取ってくれて安心した」

「あ……ありがとうございます」

フローラはお礼を言いながら、改めて花束に目を落とす。

こんな素敵なものをもらうのは初めてだった。だからこそ、どうして自分なんかにと疑問に思ってしまう。

そこで、はっと気づいた。きっと、妖精への捧《ささ》げ物を妖精番であるフローラに渡したのだ。

贈り物が初めてというのも、妖精への捧げ物が初めてということに違いない。

「さ、早速《さっそく》、妖精さんにお供えしますね」

フローラは内心の動揺をごまかすように、慌てて言う。

すると、ドルフはなぜか驚いたような顔になった。

「いや、それは……」

「……？　どうしました？」

「あ、いや……」

戸惑った様子のドルフだが、やがて小さく息をつく。

「……そうだな、きみは真面目《まじめ》な人だものな」

「え……？」

意味がわからなくて首を傾げると、ドルフは優しい眼差《まなざ》しを向けてきた。

フローラを見つめる瞳には愛《いと》おしさが滲《にじ》んでいるようで、なんだか落ち着かない気分になってしまう。

「いや、なんでもない。こちらの話だ」

「は、はい……」

そう言われてしまうと、フローラも何も言えなかった。

「では、また今度」

「はい、また」

フローラは笑顔で返し、ドルフを見送ったのだった。

それからもドルフはよく顔を見せてくれた。

最初は数日おきだったのが、だんだんと間隔が狭まっていき、今ではほぼ毎日来てくれている。

「今日は何をするんだ？」

「はい、今日は果実を収穫しようと思っています」

「そうか、何か手伝えることはあるか？」

一緒に歩きながら、ドルフは気遣わしげに尋ねてくる。

そんな彼の優しさが嬉しくて、フローラは思わず笑みをこぼした。

「いいえ、大丈夫ですよ。ドルフさまもお忙しいでしょうから」

フローラは首を横に振る。

しかし、ドルフは少し不満そうだった。

「いや、俺はきみのために何かしたいんだ」

そんなまっすぐな好意を向けられると困ってしまう。フローラはどう答えたものかと頭を悩ませた。

「……では、少しだけお願いできますか？」

悩んだ末に、フローラはそう申し出る。

すると、ドルフの表情がぱっと明るくなった。

「ああ、任せてくれ」

ドルフが張り切っているので、なんだか微笑ましくなってくる。

ちょうど、果実の木がある場所までたどり着いた。多くは木の上のほうに生《な》っているため、長身のドルフに手伝ってもらえると助かるのは確かだ。

「ありがとうございます。では、高い場所の果実を採っていただけますか？」

「わかった」

ドルフは籠《かご》を受け取って頷くと、軽々と木に登っていった。

まさか登っていくとは思っていなかったフローラは、驚いて目を丸くする。

そして、ドルフは次々と果実をもぎながら、枝から枝へと飛び移っていく。

「すごいですね……」

その見事な身のこなしを見て、フローラは思わず感嘆の声を漏らした。

そんな褒め言葉に気をよくしたのか、ドルフはさらに張り切って作業を進める。

「こんなものか？」

しばらくして、ドルフは赤い果実が詰まった籠を持って降りてきた。

籠の中にあるものを見て、フローラは目を丸くする。たくさんあるだけではない。以前、フローラが採ったものより大きく、色艶《いろつや》もよかったのだ。

「す、すごいです！　こんなにたくさん……それも立派なものばかり……！　ありがとうございます！」

「いや、きみのためならこれくらい、どうということはない」

ドルフは事もなげに言うと、にっこりと微笑んだ。

「これは、きみに」

そして、籠の中から何かを一つ取り出すと、フローラの髪にそっと挿《さ》す。

それは、可憐《かれん》な白い花だった。

「え、あ、あの……」

フローラは戸惑いながらも、その花にそっと触れる。すると、花びらが揺れて甘くさわやかな香りが漂ってきた。

「とても、よい香りですね」

フローラが呟くと、ドルフは満足げに頷いた。

「気に入ってくれたようで何よりだ。きみに似合いそうな花が咲いていたから」

そう言って笑うドルフの顔を見上げて、フローラは胸の奥が熱くなるような心地になる。

この感情はなんだろう。こんなふうに感じたのは初めてだった。

フローラは自分の胸に手を当てて、鼓動を確かめる。

ドキドキしている。彼に見つめられているだけで、こんなにも心音が高鳴るなんて知らなかった。

「……どうした？」

黙り込んだフローラを不思議に思ったのか、ドルフが顔を覗《のぞ》き込んでくる。

至近距離で視線が合って、フローラの心臓が跳ねた。

「あ、いえ……」

フローラは慌てて目を逸らすと、ごまかすように口を開く。

「あ、ありがとうございます。大切にしますね」

「ああ、そうしてくれると嬉しい」

フローラの言葉に、ドルフは穏やかに笑った。

その顔を見ると、ますます胸がざわつくようだった。

フローラは落ち着かない気持ちになりながら、もう一度花に触れる。優しい香りが心を満たして、ふっと肩の力が抜けた。

「他にも採るものはあるか？」

「いえ、もう十分です。ありがとうございます」

フローラが礼を告げると、ドルフは籠を持ったまま歩き出す。

「では、小屋まで運ぼう。重いだろう？」

「いえ、これくらい平気です」

フローラは首を横に振るが、ドルフは譲らなかった。

結局、ドルフが運んでくれることになった。彼は軽々と籠を持ちながら、フローラの隣を歩く。

「この果実は妖精への捧げ物か？」

「はい。でも、ドルフさまがたくさん採ってくださったので、ジャムも作ってみたいと思います」

「そうか、それは楽しみだな」

ドルフは目を細めて笑う。

その表情を見ていると、胸の奥が温かくなった。

「ドルフさまは甘い物はお好きですか？」

「ああ、好きだよ」

フローラの問いかけに、彼は頷く。

それを聞いて、フローラは思わず顔をほころばせた。

「では、ジャムができましたら、ドルフさまに一番に食べてほしいです」

「それは光栄だな。楽しみにしているよ」

ドルフは微笑んでくれる。

それだけで、フローラは幸せな気持ちになった。

「それにしてもララ嬢は、妖精番の仕事をしっかりとこなしているんだな」

ドルフは感心したように呟く。

しかし、フローラとしては当然のことをしているだけであって、褒められるようなことでもないと思っている。

「いえ、私はただ自分のするべきことをしているだけですから……」

フローラはそう答えたが、ドルフは小さく首を横に振る。

そして、真剣な眼差しでこちらを見つめてきた。

「そんなことはない。その仕事を真面目にこなす者が少ないことは知っている。だからこそ、俺はきみが素晴らしいと思う」

「あ、ありがとうございます……」

直接的な賛辞に、フローラは照れくさくなって俯く。

すると、ドルフがくすりと笑みをこぼした。

「照れているララ嬢も可愛らしいな」

「もう、からかわないでください……」

フローラは抗議するが、ドルフは楽しそうに笑うばかりである。

恥ずかしさをごまかそうと、フローラは話題を変えることにした。

「あの、妖精さんが何を喜ぶか、ドルフさまは知っていますか？　過去の妖精番の記録にあったものをお供えしているんですけれど、どういったものがよいのかわからなくて……」

フローラの問いに、ドルフは顎《あご》に手を当てて考え込む。

「そうだな……。妖精は花が好きだと聞いたことがあるが……詳しくは知らないな。王城の記録を調べてみることにしよう」

「ありがとうございます」

フローラが礼を言うと、ドルフはにこやかに微笑む。

「いいや、気にしないでくれ。俺はきみの力になりたいだけだ」

「はい……」

その言葉が嬉しくて、フローラは頬を染める。そして、しばらく無言のまま歩いていた。

「さて、もう着くぞ」

そう言って、ドルフは立ち止まる。気づけば、もう小屋の前まで来ていた。

フローラは籠を受け取ると、扉を開こうとする。

しかし、それよりも先にドルフが手を伸ばしていた。そして、扉を開けると、フローラを中へと促してくれる。

「ありがとうございます……」

フローラは礼を告げてから、小屋の中に入る。

「では、俺はこれで失礼する」

「はい、今日は本当にありがとうございました」

フローラが頭を下げると、ドルフはにっこりと笑みを浮かべる。

「また来るよ」

「はい、待っていますね」

フローラも笑顔で応《こた》えると、ドルフは名残惜《なごり》しそうな表情を見せた後、その場を後にした。

一人になったフローラは、籠をテーブルの上に置く。それから、髪に挿していた花を抜き取った。

改めて花を見ると、可憐な白い花びらにうっとりしてしまう。

「綺麗だわ……」

思わず呟くと、花びらが揺れて甘い香りが漂ってきた。

フローラはその香りを吸い込みながら、ぼんやりと考える。

あの人は、なぜあんなにも優しくしてくれるのだろう。どうして、こんなにも自分を大切にしてくれるのだろう。

彼と一緒にいると、胸がドキドキして落ち着かなくなる。

でも、不思議とその時間を心地よいと感じてしまうのだ。

「私、どうしてしまったのかしら……」

フローラは困惑したように眉根を寄せた。

こんなふうに誰かを想《おも》ったことなんてなかった。だから、どうしてよいのかわからない。

「こんな気持ちは初めて……」

フローラは白い花びらをそっと撫でる。

この感情が何なのかわからないまま、彼の訪れを待ち焦がれている自分がいた。

翌日、フローラはいつものように森へ出かけようと小屋を出た。

するとそこには、すでにドルフの姿がある。

「おはよう、ララ嬢」

「え……ドルフさま!?」

まさか彼が待っているとは思わなかったため、フローラは驚いて声を上げる。

「ど、どうしてここに……?」

「きみに会いに来たんだ。こんな朝早くに迷惑……だっただろうか?」

戸惑うフローラとは対照的に、ドルフは不安げに尋ねてくる。

「いえ、そんなことありません！　ただ……びっくりしてしまって……」

「そうか、よかった」

ほっとした様子で、ドルフは微笑んだ。

「実は王城で、過去に刺繍したハンカチやレース編みを妖精が喜んだという記録を見つけたんだ。だから、これを持ってきたんだが……」

そう言いながら、ドルフは手に持っていたバスケットを差し出してくる。

「え……あ、ありがとうございます！」

フローラは慌ててそれを受け取った。

記録を調べてくれるとは言っていたが、まさか昨日の今日で見つけてきてくれるとは思いもしなかった。

フローラはバスケットの中身を確認するために、蓋《ふた》を開く。すると、中には色とりどりの布や糸が詰め込まれていた。

「わぁ……！　綺麗！」

フローラは驚きながらも、嬉しさで胸がいっぱいになる。

どれも美しい色合いで、見ているだけで幸せな気分になった。

「気に入ってくれたなら嬉しいよ」

「もちろんです！　すごく素敵です……ありがとうございます」

「ああ、喜んでもらえたようで何よりだ」

フローラの反応を見て、ドルフは満足げに笑う。

その顔を見ていると、フローラはますます幸せな気持ちになった。

「そうだ、昨日のジャムもできましたので、ぜひ食べてください」

「それは楽しみだ」

「では、準備しますので少しお待ちください」

フローラはそう言うと、ドルフを小屋の中に招き入れる。

そして、ジャムの入った瓶《びん》を取り出した。

昨日の赤い果実と蜂蜜を使って作ったものだ。魔道具の鍋を使うと、あっという間に出来上がった。

それを木皿に盛りつけ、木のスプーンを添えてドルフに差し出す。

「どうぞ、召し上がってください」

「では、遠慮なく」

ドルフはジャムをスプーンですくうと、口に運ぶ。その瞬間、彼の目が見開かれた。

「これは……」

「お味はいかがですか?」

「とても美味しいよ。甘くて、優しい味わいだ」

ドルフはそう言って、にっこり笑う。

「本当ですか?　よかった……」

フローラは安堵《あんど》の息をつく。

自分ではきちんとできているつもりだったが、人に食べてもらうのは初めてだったため心配していたのだ。

「きみが作ってくれたものだと思うと、よりいっそう美味しく感じるな」

「そ、そんな……」

恥ずかしくなって、フローラは頬を押さえる。

しかし、彼は真剣な眼差しでこちらを見つめてきた。

「いや、本当にそうだよ。きみが俺のために心を尽くしてくれたことが嬉しくて仕方がない」

「あ、ありがとうございます……」

まっすぐな言葉をぶつけられて、フローラは俯く。

顔が熱くて、きっと赤く染まっているに違いない。

すると、ドルフは小さく微笑む。

「きみは可愛いな」

「もう、からかわないでください」

フローラは抗議するが、ドルフは楽しげに笑っている。

「すまない、きみが可愛らしい反応をするものだからつい……」

「もう……困ります。でも……私が作ったものをこんなに褒めていただけるのは、嬉しいです。なんだかくすぐったいですね……」

フローラがはにかんで言うと、ドルフは目を細める。

「それだけ、ララ嬢が素晴らしいということだよ」

そう言って、ドルフはまたジャムを口に運んだ。

「それにしても、このジャムは本当に美味いな。今まで食べた中で、一番かもしれない」

「ふふっ、褒めすぎです」

「本当のことだからな」

そう言われると、フローラはますます恥ずかしくなってしまう。

しかし、それ以上に喜びが大きかった。

「そこの籠は、妖精への捧げ物かな？」

「あ、はい。妖精さんのベッドを作ってみようと思いまして。昨日、妖精は花が好きだと聞いたので、花びらを敷き詰めたら喜ぶんじゃないかと思ったんですけど……どうでしょうか」

「きっと喜ぶだろう。それにしても……ララ嬢は優しいな」

感心するように言われて、フローラは照れくさくなる。

「そんなことないですよ。ただ思いついただけですから……」

「それが素晴らしいと思うよ」

そう言って、ドルフは優しく目を細める。

「俺も手伝おうか？　何かできることがあればいいのだが……」

不安げに尋ねられて、フローラは反射的に首を横に振ろうとしたが、すんでのところで思い留《とど》まる。

せっかくの提案なのに、断るほうが失礼ではないだろうか。

フローラがちらりとドルフの顔を見上げると、彼は期待に満ちた目でこちらを見ていた。

「じゃあ……花びらを集めるのを手伝ってもらえますか？　たくさんあるほうが喜ぶと思うので……」

「わかった。任せてくれ！」

フローラの言葉を聞くなり、ドルフは嬉しそうな表情を浮かべる。

予想以上の反応に戸惑いつつも、フローラは微笑んだ。

それから二人は森へ行き、一緒に花を集め始めた。

白やピンクの花を見つけるたびに、フローラは花びらを手に取り、丁寧《ていねい》に集めていく。ドルフも真剣な顔つきで、それを手伝ってくれた。

やがて、大量の花びらが籠の中へ積み重なる。

「これだけあれば十分でしょう」

「そうだな」

二人は妖精の木に向かうと、花びらでいっぱいになった籠を木の根元に置いた。

「これで喜んでくれるといいのですが……」

「大丈夫さ。きっと喜ぶよ」

「はい……」

フローラが祈るように手を組んでいると、突然、風が吹いてきた。木々がざわめき始める。

すると、籠の中の花びらが全《すべ》て飛び出して、宙を舞う。そして、一陣の花吹雪《はなふぶき》となってフローラとドルフの周りをくるりと回った後、森の奥へと消えていった。

「すごい……」

フローラはその幻想的な光景に見惚れてしまう。

「喜んでくれたみたいだな」

「はい、そうですね……」

フローラは感動しながら、花びらを見送る。

すると、視界の端に白い毛玉が見えた気がした。

「え……?」

フローラは慌ててそちらのほうへ視線を向ける。

そこには、いつも見かける白い毛玉が佇《たたず》んでいた。

最近は少しだけなら撫でさせてくれるようになったのだ。

だが、今日はこちらに近づこうとはしない。距離を置いて、じっと見つめているだけだ。

「どうかしたのか……?」

じっと一点を見つめるフローラを不思議に思ったらしいドルフが、その視線の先を追う。

すると、白い毛玉はぴくりと体を震わせた後、森の奥へと姿を消した。

「今のはいったい……白い毛玉のようだったが……」

「えっと……よく見かけるんですけれど、正体はよくわからなくて……。もしかしたら、妖精さんじゃないかと思っているんですけれど……」

「妖精か……」

ドルフは顎に手を当てながら考え込む。

「そういえば、妖精の姿について書かれたものは見たことがないな……」

「そうなんですね……」

「ああ。そもそも、妖精自体が本当に存在するか疑わしいと言われているくらいだからな……」

「そう……なんですか……」

フローラは寂《さび》しくなりながら呟いた。

この妖精の庭は明らかに守られている場所だ。だからこそ、妖精の存在を確信しているフローラだったが、他の人は違うらしい。

「だが、俺は妖精がいると知っている。うまく言えないが、存在を感じるんだ」

「え……？」

思いがけない言葉に、フローラは驚いて顔を上げる。

「だから、きみと初めて会ったとき、妖精かと思ったんだ。輝かしい黄金の髪に、若葉の芽吹きのような新緑の瞳。春をもたらす妖精が現れたのではないかと錯覚するほど、きみは美しかった」

「そ、そんな……大げさですよ」

フローラは頬が熱くなるのを感じながら、あたふたとする。

突然褒められて、どうしてよいかわからなくなったのだ。

しかし、彼は真剣な表情のまま続けた。

「実際、きみは春の訪れのように暖かく、優しかった。俺はそんなきみを……」

そこまで言いかけたところで、ドルフははっとした様子で口ごもる。

目を見開いたまま固まった彼に、フローラは首を傾げた。

「あの……ドルフさま？」

「いや、なんでもない。それより、俺はそろそろ戻らねば。また来るよ」

「は、はい。お待ちしています」

フローラが応えると、ドルフは気まずそうに微笑んで去っていった。

去りゆく背中を見ながら、フローラは胸のあたりを押さえる。

なんだかもやもやして落ち着かない気分だった。

「何だったのかしら……」

彼が何を告げようとしたのか、とても気になる。

しかし、それを尋ねる勇気はなかった。

フローラは小さく息をつくと、気持ちを切り替えるように首を横に振る。

「……帰って刺繍をしましょう」

そう独《ひと》りごちると、フローラは家路についた。


その翌日。

フローラが小屋で刺繍をしていると、ドアをノックする音が聞こえた。

「はい」

フローラが返事をしながら立ち上がると、ゆっくりと扉が開かれる。

そこに立っていたのは、ドルフだった。

「こんにちは、ララ嬢」

「ドルフさま、いらっしゃいませ。どうぞお入りください」

フローラが椅子を勧めると、ドルフは素直に腰かける。

「刺繍をしていたのか？　見事なものだな」

テーブルの上に広げられている布を見て、彼は感心したように言った。

布には、色とりどりの糸で花の刺繍が施されている。

綺麗な布や糸をもらったのが嬉しくて、つい夢中になってしまった結果だ。

「ありがとうございます。ドルフさまから、たくさん布と糸をいただいたので、色々と作ってみようと思いまして」

「そうなのか。俺にはそういった教養はないからな……」

淑女のたしなみとして、刺繍は幼い頃から学んできた。そのため、腕には自信がある。

「ふふっ、でも、ドルフさまは騎士なのでしょう？　なら、剣や馬など、戦うための知識を学ぶほうが大事ではありませんか？」

「それはそうだが……」

ドルフは苦笑を浮かべる。

彼の様子はいつもどおりだ。昨日は何を言いかけていたのかと、ふと疑問が頭をよぎる。

しかし、それを聞くことはできなくて、フローラは頭に浮かんだ質問をのみ込んだ。

「それにしても、ララ嬢は何でもできるな。昨日のジャムはとても美味しかったよ。また食べたいな」

「本当ですか？　まだありますよ。あ、そうだ。せっかくだからクッキーも焼いてみようと思って……」

「それは楽しみだ」

そう言って、ドルフは嬉しそうに笑う。

その笑顔を見たフローラも、自然と笑顔になった。

「じゃあ、今から焼きますね。ちょっと待っていてください」

フローラは立ち上がると、ジャムの瓶を持ってきて、木の皿に盛りつける。それに木のスプーンを添えてドルフに渡すと、台所に向かった。

「えっと……小麦粉と砂糖、あとは……水？　これかな？」

フローラは戸棚を開けて材料を取り出し、ボウルにそれらを入れて混ぜ始めた。

これまで作ったことはないが、きっとなんとかなるだろう。

大雑把《おおざっぱ》に分量を決めると、生地《きじ》をこねる。

「うん、こんな感じでいいかしら」

生地が出来上がったので、フローラは魔道具のオーブンに入れる。

物置から持ってきて台所に置いてあるオーブンは、鉄製の箱のように見えるが、意外にも軽い。何かを焼くためのものだとは確認済みで、野菜を焼いたことがあった。

「これで焼けば完成……だと思うんだけど」

フローラはドキドキしながら、オーブンに刻まれた炎のような模様に手を触れ、見守る。

すると、すぐに香ばしい匂いが漂ってきた。

「できた！」

フローラは思わず歓声を上げた。

急いでオーブンを開ける。すると、中からふんわりと甘い香りが溢《あふ》れてきた。しかし、期待とは違って、潰《つぶ》れたような形をした茶色い物体が姿を現す。

「あれ……？　失敗したのかな……」

フローラは肩を落とす。

今までお菓子を作ったことは一度もなかった。それなのに、いきなりうまくいくはずがないということだろうか。

ジャムは分量をさほど気にすることなく、適当に作ることができた。しかし、今回のクッキーはそうはいかなかったようだ。

何でもできると褒められて、調子に乗ってしまったのかもしれない。

そんなことを考えながら、フローラがしょんぼりしていると、後ろで声がした。

「これは……」

振り返ると、いつの間にかドルフが後ろに立っている。

「あの、ドルフさま……？」

「すまない。あまりにもよい香りがしたから、つい……」

そう言うと、彼はじっとオーブンの中を覗き込んだ。

「えっと、失敗してしまったみたいなんです。だから、あまり見ないで……」

フローラは恥ずかしくなって、消え入るような声で告げる。

きっと幻滅されてしまったことだろう。何でもできると褒めてもたったばかりなのに、こんな簡単なこともできないと知られて、嫌われてしまったに違いない。

そう思うと、涙が出そうになった。

「そんなことはないさ」

「え……？」

フローラが驚いて顔を上げると、そこには優しい眼差しがあった。

「きみが一生懸命作ったことはわかる。だから、とても嬉しいんだ」

「ドルフさま……？」

「俺のために作ってくれたんだろう？」

「えっと……はい」

フローラは小さく頷く。

「ありがとう」

彼は微笑むと、フローラの手を取って、そっと口づけを落とした。

突然のことに、フローラは驚いて固まってしまう。

心臓が激しく脈打っているのがわかる。頬が熱を帯びていくのを感じた。

そんな姿を見て、ドルフはおかしそうに笑い出した。

「ははっ、そんなに驚かなくても」

「いえ、だって……」

フローラは頬を染めながら、言い訳するように呟いた。

彼の唇が触れた手は、まだ熱い気がする。

「それと……実は、きみも失敗することがあるんだと知って、少し安心した」

「……?」

不思議そうな顔をするフローラを見て、ドルフは悪戯《いたずら》っぽい表情を浮かべる。

「きみはなんでも完璧にこなすから、不得手《ふえて》なんてないんじゃないかと思っていた」

「そ、そんな……。私にも苦手なことくらいありますよ」

「ああ、そうだな……」

ドルフは楽しそうに微笑んでいる。

どうして彼が喜んでいるのかわからないけれど、悪い気はしない。

フローラもつられるように微笑んでいた。

「じゃあ、お茶を淹《い》れますね」

「手伝うよ」

「ふふっ、ではお願いします」

二人は仲よく並んで台所に立つと、お茶の準備を始めた。

フローラがお湯を沸かす間に、ドルフが茶葉を用意してくれる。

「ありがとうございます」

「これくらいどうってことないよ」

そう言って、彼は優しく目を細める。

フローラは胸の奥がくすぐったくなるような、なんだか落ち着かない気分になった。

そういえば以前読んだ本で、恋人同士が一緒に食事の支度をしている場面があったことを思い出す。

もしかすると、こういう感じなのかもしれない。

フローラは心の中で、こっそり思った。

「どうかしたのか？」

「いいえ、何でもありません」

フローラは慌てて首を横に振る。

なんとなく照れくさくて視線を合わせることができない。本当に恋人同士だったら、もっと自然に振る舞うことができるのだろうか。

そんなフローラの様子に気づいたのか、ドルフはおかしそうに笑っていた。

その後、クッキーを二人で食べる。

残念ながら味はいまいちだったが、ドルフは喜んで食べていた。

「大丈夫だ。戦場で食べた保存食より、はるかに美味い」

「それは……比較対象としてどうなんでしょう……」

フローラは苦笑しながらも、彼の言葉が嬉しかった。

「そうだ、ジャムを載せてみましょう。そうしたら美味しいかもしれませんよ」

「それはいい考えだな」

フローラの提案に、ドルフは嬉々《きき》として賛成する。

クッキーの上にジャムを載せて口に運ぶと、先ほどよりもずっと美味しくなっていた。

「やっぱり美味いな」

「はい。ジャムのおかげですね」

「いや、きみの手作りだからだよ。きみの優しい心が伝わってくるから、こんなにも美味しくなるんだ」

ドルフは真顔でそう言うと、フローラを見つめる。

その言葉に、フローラは一瞬ぽかんとした。そして、次の瞬間には頬が熱を帯びるのを感じる。

「もう……！　そういうことをさらりと言わないでください！」

「ははっ、でも本当のことだ」

彼は楽しげに笑うと、フローラの髪を撫でた。

その感触にどきりとしつつも、彼の笑顔に見惚れてしまう。

「実は、こうしたらもっと美味しくなるんじゃないかと思うことがあるんだが……」

「何ですか？」

フローラが尋ねると、ドルフはジャムを載せたクッキーを摘まむ。そして、それをフローラの口元へと運んだ。

「こうしてきみに食べさせてあげると、きっと美味しさが増すはずだ」

「……！」

フローラはその光景を想像して、思わず顔がほてってしまう。

恥ずかしさのあまり俯いていると、彼はフローラの顎に手を添えて上向かせた。

「嫌かい？」

「……そんなことは、ないですけど……」

恥ずかしさに声が小さくなる。

しかし、フローラが断るとは思っていないようで、ドルフは期待に満ちた目でこちらを見つめている。

「じゃあ、失礼します……」

フローラは意を決して、クッキーを口に含んだ。

「ん……」

甘酸《あまず》っぱいジャムの風味が口の中に広がっていく。

確かにとても美味しかったが、それ以上に心臓がドキドキしていた。

「すごく……甘くて美味しいです」

「そうか。ならよかった」

ドルフはとても満足げに微笑んでいる。

その姿を見ただけで、フローラの心は満たされていくようだった。

恥ずかしかったが、勇気を出してみてよかったと思える。

「じゃあ、今度は俺にも食べさせてくれ」

「え……!?」

フローラは驚いて、思わず声を上げてしまった。

まさかそんなお願いをされるとは思ってもいなかったのだ。

しかし、彼は気にすることなく、じっと待っている。

これは断れる雰囲気ではない。

フローラは覚悟を決めると、おそるおそるクッキーを一枚手に取り、ジャムを載せた。

「じゃあ、いきますね……」

「ああ」

緊張しながら、ゆっくりと彼の口元へ運んでいく。

ドルフはぱくりと一口で食べると、幸せそうに頬を緩めた。

「うん……とても甘いな」

「そ、そうですね」

フローラは恥ずかしさに耐えきれず、顔を背《そむ》ける。

こんなことを繰り返していれば、いつか心臓が壊れてしまいそうな気がした。

そんなフローラの動揺を知ってか知らずか、ドルフは上機嫌に微笑んでいる。

「また作ってくれるかな？」

「えっと……」

フローラは口ごもると、ちらりとドルフの顔を見る。

すると、彼は少しだけ不安そうにこちらを見ていた。

フローラはぎゅっと胸の奥をつかまれたような感覚になる。

「もちろん、喜んで作りますよ」

「本当か？　嬉しいな」

ドルフはほっとしたように息を吐くと、穏やかな笑みを浮かべた。

その表情を見て、フローラは幸せな気持ちに包まれる。

彼と過ごす時間は、フローラにとってかけがえのないものになっていた。

毎日が穏やかで、幸福だ。

妖精への捧げ物を用意するのは楽しく、妖精の木で見かける白い毛玉も可愛らしい。最近は、少し触れ合えるようになった。

ドルフ以外にここを訪れる者はいないため、誰の目も気にせず過ごせる。

最初は少し寂しかったが、ドルフが訪ねてきてくれるようになってからは、それもなくなった。これまでの人生で、最も幸福な日々を送っていると言ってもよいだろう。

この国に来てよかった。妖精番になって、本当によかった。

ウィロウがフローラを妖精番にしたのは、彼女の優しい思いやりだったのだろう。そう考えるほど、フローラの心は満たされていた。

これまでウィロウがどうしているか、考えなかったわけではない。

しかし、隔離されたこの場では知る術《すべ》などなく、ただ、自分に課せられた役目をこなすだけだった。

ところが、最近になってドルフが頻繁に訪れるようになった。

彼は騎士で、おそらくはかなり上位の身分だ。きっと、王太子の婚約者となったウィロウのことも知っているだろう。

そう思ったフローラは、ドルフに尋ねてみることにした。

「あの……お尋ねしたいことがあるのですが」

「なんだい？」

妖精の木に向かう途中、フローラはドルフに声をかける。

「王太子殿下の婚約者になった王女をご存知ですか？」

その質問に、彼は一瞬表情を強張《こわば》らせたように見えた。しかし、すぐに元の表情に戻る。

「……ああ、知っている。そういえば、きみはもともと彼女の侍女だったか」

ドルフは納得したように頷くが、フローラは苦い思いが込み上げてくるのを感じた。

しかし、本当の王女は自分で、彼女が侍女なのだと口にすることはできない。それどころか、ウィロウに関することの多くは声に出すことすらできなかった。

どうにか口に出せた言い回しが、今のものだ。

「その……王女は、どうしているのでしょうか……？」

「そうだな……。元気ではあるよ」

ドルフは歯切れの悪い返事をする。そして、何かを思案するように黙り込んだ。

「……？」

フローラは首を傾げるが、彼はそれ以上何も語ろうとしない。

その様子を見て、きっとウィロウはひどい扱いを受けているに違いないと思った。

やはり王太子は冷酷非情な人物なのだろう。

ウィロウはおそらく魔女であり、フローラの身分と名前を奪った。しかし、それはフローラのためだったのだろう。

彼女がつらい目にあっているというのに、自分はこんなにも幸せを感じている。

罪悪感で、胸の奥が締めつけられるように痛んだ。

「あの……」

「そういえば、妖精の木周辺の雑草取りはしないのか？」

さらに口を開こうとしたフローラだが、それを遮るようにドルフが尋ねてくる。

「え……？　あ、はい。そういえば、していませんでした」

フローラは虚をつかれたように目を瞬《またた》かせた。

言われてみれば、妖精の木周辺の雑草取りをしたことはなかった。

なぜか、それをする気になれなかったのだ。

「妖精番の務めをしっかり果たしているララ嬢が、珍しいな」

「そうですね……」

フローラは苦笑する。

前任者も、雑草取りさえやっていればよいと言っていたはずだ。

つまり、最も重要な仕事と言える。

それなのに、どうして自分はそれを怠《おこた》っていたのだろう。

「あ……きっと、過去の妖精番の日記に書かれていなかったから、しなくてもいいと勝手に思い込んでいたのだと思います」

フローラは思いついたことをそのまま口にした。

小屋にあった過去の妖精番の日記は、一通り読んでいる。ただ、最近のものはないようで、一番新しいものでもかなり古びていた。

その最新の日記は、満月の夜に城下で祭りがあるから行きたいけれど、ここから出してもらえないといった記述で終わっていた。

もしかしたら、それが過去に消えてしまった妖精番なのかもしれない。

そこから妖精番の仕事も、何かが変わっていったのだろうか。

「なるほど、そういうことか。きっと、ろくな引き継ぎもなかったのだろうから仕方がない。むしろ、過去の日記からよく調べていると思うよ」

ドルフは納得したように頷いた。

その声で、フローラははっと引き戻される。

「あ……でも、日記には出来事がまばらに記されていただけだったので、たまたま書かれていなかったんだと思います」

「確かに、そういうこともあるかもしれないな」

「はい。だから、これから妖精の木周辺の雑草取りをしようと思います」

「俺も手伝おう」

「ありがとうございます」

フローラは礼を言って、微笑んだ。

ちょうど妖精の木に着いたので、早速、周辺の雑草取りを始めようとする。

しかし、雑草というほどの草は見当たらない。

太い根が地面を這《は》っており、その周辺は土がむき出しの状態だ。落ち葉がところどころに積もっているくらいである。

「雑草が見当たらないな」

「そうですね……。前任者の方が、しっかり雑草取りをしていたのかもしれません」

「そうだな。もっとよく調べてみるか」

そう言って、ドルフが地面を調べ始める。

フローラも落ち葉を掻《か》き分けて、地面を調べていく。

「あ……」

その途端、フローラは小さく声を上げた。

落ち葉の陰から顔を出したのは、まだ小さな芽だった。

土から生えて、少し頭を覗かせている。葉も茎もまだ、しっかりしたものとは言えない。

「どうかしたか?」

フローラの声に、ドルフもそちらに視線を向けた。

「落ち葉の下に、新芽があります。きっと、これから草になるんだと思います」

「本当だな。落ち葉に埋もれていたのか」

「ええと……これを抜けばいいんですよね」

そっと新芽に手を伸ばしながら、フローラは呟く。

「……！」

その瞬間、白い毛玉がフローラの前に飛び出してきた。いつも妖精の木で見かける、頭に色あせた花冠《はなかんむり》を載せた白い毛玉だ。

「え……？」

驚いたフローラは、思わず身を引く。

慌てたように白い毛玉は新芽の前に立ちはだかる。そして、ふるふると震え始めた。

「え……えっと……」

フローラは困惑しながら、白い毛玉と対峙《たいじ》する。

「……もしかして、この芽を抜かないでと言っているの？」

「……！」

白い毛玉はこくこくと頷いた。黒いつぶらな瞳で、フローラに訴えかけるように見つめ続ける。

「えっと……嫌がっているようなので、雑草取りはやめたほうがいいんじゃないかと……」

フローラは戸惑いながら、ドルフに視線を向けた。

すると、彼も困った表情を浮かべる。

「そうだな……そっとしておいたほうがいいだろう」

「はい……」

フローラは頷くと、白い毛玉に向き直る。

「ごめんね。嫌なことをしようとして」

そう言うと、フローラは白い毛玉に手を伸ばした。

すると、白い毛玉は嬉しそうにフローラの手にすり寄ってくる。

「ふふっ、可愛い」

フローラは微笑むと、白い毛玉を優しく撫でる。

その様子を、ドルフは目を細めながら見守っていた。

ややあって白い毛玉はフローラの手から抜け出すと、今度はドルフの足下にやって来た。そして、彼の足に体をすり寄せる。

「ん？」

ドルフは首を傾げるが、白い毛玉は甘えるように体をこすりつけている。

「どうした、なんだ？」

戸惑うドルフを見て、フローラはくすくすと笑う。

「もしかして、ドルフさまに撫でてほしいのかもしれませんよ」

「そうなのか……？」

彼は戸惑いながら白い毛玉に手を伸ばす。そして、おそるおそる撫でた。

すると、白い毛玉は満足そうに体を震わせる。

「よかったね」

フローラが声をかけると、白い毛玉は嬉しそうに頷いた。

ドルフはまだ戸惑っている様子だったが、白い毛玉を撫でる手は止めない。ぎこちないながらも、丁寧に撫でている。

その様子を微笑ましく思いながら見つめていると、ドルフと目が合う。

彼は照れくさそうに笑った。それにつられて、フローラも笑みを浮かべる。

やがて白い毛玉はぴょんぴょんと飛び跳ねながら、森の中に消えていった。

「可愛かったですね」

「ああ、そうだな」

フローラが話しかけると、ドルフは穏やかな顔で同意する。

その優しい眼差しに見惚れて、フローラは胸が高鳴るのを感じた。

「……どうかしたか？」

「あ、いえ……」

不思議そうに尋ねられ、フローラは慌てて首を横に振る。

「なんでもありません。えっと、私はこれからお花畑に寄ってから戻りますけれど、ドルフさまはどうなさいますか？」

「それなら、俺もついていこう」

「はい、ぜひ」

フローラは笑顔で応じる。

「あ、でも……お忙しいのでは……？」

「大丈夫だ」

「……わかりました」

少しだけ心配になったが、フローラは素直に了承した。

それから、フローラとドルフは連れ立って花畑に向かう。

今日も変わらず、色とりどりの花々が咲き誇っていた。しかも、ドルフと一緒だからだろうか。いつもよりも鮮やかに見える気がする。

「綺麗です」

フローラは思わず感嘆の声を上げる。

「ああ、美しいな」

「はい。本当に……!」

フローラは頬を紅潮《こうちょう》させながら、力強く相槌を打つ。

その様子がおかしかったのか、ドルフは小さく笑いながら口を開く。

「ララ嬢のほうがずっと美しく見えるがな」

「え……? あ……」

フローラは息をのむ。

まさかそんなことを言われるとは思っていなかった。

胸の奥がどきりと音を立てる。

「そ、その……ありがとうございます……」

フローラは消え入りそうな声で礼を言う。

恥ずかしくて、とてもドルフの顔を見ることができない。きっと、真っ赤になっているに違いないからだ。

「いや、本当のことだからな」

「……」

さらに追い打ちをかけられ、ますます顔が熱くなる。

「ララ嬢はいつも一生懸命でひたむきだ。その心根が、そのまま美しさに表れているのだろう。きらめく新緑の瞳も、風に揺れる金色の髪も、白く透《す》き通《とお》るような肌も……どれもが美しく輝いている。見るたびに、俺はそう思わずにはいられない」

「あ、あの……」

フローラは言葉を詰まらせる。

これ以上続けられたら、頭が沸騰《ふっとう》してしまいそうだ。いや、もうしているかもしれない。

きっと、これ以上何か言われたら倒れてしまうだろう。

そんなことを考えていると、ドルフはふっと微笑む。

「まあ、俺にとってはどんな花よりもララ嬢が美しいということなんだが」

「……っ!?」

フローラは目を見開く。

もう限界だった。頭がくらくらとして、立っていられない。それでも気合いで、その場に崩れ落ちそうになる身体をどうにか支える。

そんなフローラを、ドルフは楽しそうに見つめていた。

完全に遊ばれている。悔しいけれど、何も言い返せなかった。

「……意地悪《いじわる》です」

やっとのことでそれだけ口にすると、ドルフは心外だとばかりに眉をひそめた。

「そんなことはないぞ。俺は思ったままを口にしているだけだ」

「だから、それが意地悪なんです」

フローラは拗《す》ねたように唇を尖《とが》らせる。

しかし、本気で怒っていないことはドルフにもわかっているのだろう。彼は穏やかな笑みを浮かべたまま、口を開く。

「ララ嬢は怒った顔も可愛らしいな」

「なっ……」

フローラは絶句する。

ドルフは笑みを浮かべたまま、フローラに歩み寄ってくる。そして、フローラの髪をすくい上げた。

「だが……できれば、笑っている顔が見たい」

「え……？」

フローラが首を傾げると、ドルフは優しい眼差しを向ける。

「ララ嬢は笑顔のほうが似合う」

その言葉に、どきりと胸が高鳴るのを感じた。

「そ、それは……」

フローラは口ごもる。

そんなことを言われたら、ますます意識してしまうではないか。

ドルフに見つめられると、ドキドキして落ち着かなくなる。それなのに目が離せない。もっと、自分のことを見てほしいと思ってしまうのだ。

「そ、そろそろ、少しお花を摘んで戻ろうと思います……！」

これ以上話していたらおかしくなりそうだ。

フローラは早口に言うと、逃げ込むように花畑に入っていった。

それをドルフは楽しげに眺めている。

フローラは心を落ち着けようと思いながら、花畑の花を摘み取っていく。

恥ずかしさと嬉しさが入り交じった感情が、胸に渦巻いている。

幸せで、ふわふわとしていて、まるで夢の中の出来事のようで——とても苦しかった。


翌日、フローラが木桶《きおけ》を持って小屋を出ようとしたところ、ドルフと会った。

「まあ、ドルフさま。おはようございます」

昨日の出来事が頭をよぎり、動揺する心を抑え込みながら、フローラは微笑む。

「おはよう、ララ嬢。これから妖精の木に向かうのか？」

「はい」

「ならば、俺も行こう。荷物はこれか？」

ドルフは当たり前のようにそう言うと、フローラの持つ木桶を手に取った。

「え……？　いえ、そんな、大丈夫です」

フローラは慌てて首を横に振るが、ドルフはそのまま歩き出す。

「遠慮しなくていい」

「ええっと……じゃあ……お願いします……」

結局、フローラはそう答えて、彼に並んで歩いた。

フローラは気恥ずかしさを覚えながらも、隣を歩く彼をちらりと盗み見る。

こうして間近で見ると、やはり端整な顔立ちをしていると思う。背が高く、引き締まった体つきをしており、頼りがいのある印象を受ける。おまけに、性格も穏やかで優しい。

きっと女性に人気があるに違いない。

フローラはそんなことを考えて、複雑な気持ちになった。

王太子もこんな素敵な男性だったなら、自分は今頃――そこまで考えて、フローラは頭を振ってその考えを打ち消した。

「どうかしたか？」

突然、頭上から声をかけられ、フローラは我に返る。

「え……？　あ、いえ、なんでもありません」

「……？」

不思議そうな表情の彼から顔を逸らすように、フローラは俯いた。

それから無言のまま歩いて行くうちに、妖精の木に到着する。

「あっ……」

フローラは思わず声を上げる。

昨日はところどころに積もっていた落ち葉が綺麗になくなっていた。

しかも、新芽がいくつか顔を出している。

「まあ、昨日は一つしかなかった芽が増えているわ……！」

「本当だな。落ち葉の下に隠れていたのだろうか」

ドルフが感心した様子で呟く。

どうして落ち葉が消えているのか不思議だったが、妖精の仕業《しわざ》なのかもしれない。

もしかしたら、今まで新芽は落ち葉の中に隠れていたのだろうか。それが抜かれないとわかったので、出てきたのかもしれない。

「ところで、この桶には何も入っていないが……これをどうするんだ？」

木桶を運んでくれたドルフが、不思議そうに尋ねてくる。

「はい。あの芽に水をあげてみようと思いまして」

白い毛玉が新芽を抜かれるのを嫌がったため、逆に水を与えてみようと思ったのだ。

「なるほどな。それで、どうやって水をやるんだ？」

ドルフは首を傾げる。

それに応えるように、フローラはにっこりと笑いながら、木桶の模様に手を触れた。

次の瞬間、水がみるみるうちに溢れてくる。

「おお……！」

その様子を、ドルフは感嘆の声を上げながら見つめていた。

フローラは、そのまま新芽に水をかけていく。

全部の新芽に水を与え終わる頃には、桶の中にあった水は全てなくなっていた。

新芽たちは、嬉しそうに身を震わせているように見える。太陽の下でキラキラ輝く水の粒と相まって、とても幻想的な光景だ。

「綺麗だな……」

「はい」

思わず呟くドルフの言葉に、フローラも同意して頷いた。

二人はしばらく黙って、輝くような緑の葉を見つめて立っていた。

すると、白い毛玉が新芽たちのそばにやって来て、楽しそうに飛び跳ね始める。

「こんにちは」

挨拶《あいさつ》をしながらフローラが近づくと、白い毛玉は嬉しそうに飛びついてくる。

フローラがしゃがんで両手を広げると、そこにすっぽりと収まった。

「よしよし」

フローラが優しく撫でると、白い毛玉は気持ちよさそうに目を閉じた。

「すっかり懐《なつ》かれたようだな」

その様子を見ていたドルフが、楽しげに声をかけてくる。

「はい」

フローラは笑顔で答えて、白い毛玉を撫で続けた。

最近は大分慣れてきてくれたようだったが、さらに距離が縮まったようだ。もしかしたら、新芽を抜かずに守ったことで、心を開いてくれたのかもしれない。

そうしてしばらく撫でられていた白い毛玉は、フローラの手から離れる。そして、ドルフのほうへと駆けていく。

「おや、次は俺の番か？」

彼が冗談っぽく尋ねると、白い毛玉はこくりと頷いた。

「……え？」

予想外の反応だったのだろう。ドルフは目を見開く。

すると、白い毛玉は彼の足下に行って、体をすり寄せる。それから何かを期待するように、ドルフの顔を見上げた。

「あ……ああ、わかったよ」

戸惑いながらも、ドルフは白い毛玉にそっと手を差し伸べる。

白い毛玉は嬉しそうな様子で、その手に自分の体を寄せた。

「これは……なかなかいいものだな……」

感触を確かめるように、ドルフは何度も白い毛玉を撫でる。今回が二回目だからか、ドルフも慣れてきたようで、柔らかさを堪能《たんのう》する余裕も生まれてきたらしい。

その光景を、フローラは微笑みながら見守っていた。

「しかし……この花冠、ずいぶんと色あせているな。まるで、何十年も前からずっと同じものを身に着けているみたいだ」

白い毛玉が載せている花冠を見つめながら、ドルフがぽつりと呟いた。

「そうなんですよね……気になって新しい花冠も作ってみたんですけれど……」

そう言いながら、フローラはエプロンのポケットから花冠を取り出す。

昨日、花畑で摘んだ花を編み込んで作ったものだ。

ドルフがじっと見ている前で、フローラはその花冠を白い毛玉の前に差し出した。

「ほら、これはどう？」

しかし、白い毛玉はぷいっと顔を背ける。

「やっぱりダメかぁ」

フローラは肩を落としながら、苦笑を浮かべる。

なんとなく、受け取ってもらえないような気はしていたのだ。

「今の花冠がいいの？」

尋ねると、白い毛玉は大きく縦に揺れる。

「そう……あなたにとって、大切なものなのね」

白い毛玉の仕草を見て、フローラは優しく語りかける。

すると、白い毛玉は嬉しそうにぴょんと飛び跳ねて、再びドルフの足下に戻った。

「きっと、思い出の品なんでしょうね」

「そうだな……」

フローラの言葉に、ドルフは静かに同意する。

「じゃあ、この花冠は……」

花冠をポケットにしまおうとしたが、フローラはふと思い留まる。

ちょっとした悪戯心が芽生えたのだ。

「はい、どうぞ」

フローラはドルフに向かって、花冠を差し出す。

「……？　なんだ？」

不思議そうに首を傾げる彼に、フローラは笑顔で答える。

「せっかくですし、かぶってみませんか？」

「なっ……!?」

フローラの提案に、ドルフは顔を引きつらせる。

「いや、俺は……」

「遠慮なさらずに。似合うと思いますよ?」

フローラはそう言うと、有無《うむ》を言わさずドルフの頭に花冠を載せた。

銀色の髪に、色とりどりの花冠がよく映える。

予想以上の出来栄《できば》えだった。

普段の落ち着いた雰囲気とはまた違い、どこか少年のような愛らしさを感じる。

ドルフは渋々といった様子で、頭に載った花冠に触れる。

「……」

「わあ……! 素敵です!」

「……そうか?」

少し照れくさそうな表情の彼に、フローラはにっこりと笑いかけた。

「ええ。とてもよくお似合いですよ。まるで妖精の国の王子さまのようで、すごく可愛らしいです」

「……!」

フローラが正直な感想を述べると、ドルフはぎょっとしたように目を見開いた。

それから気まずそうに視線を逸らす。

「……あまり見ないでくれ。穴があったら入りたい気分だ」

「あら、どうしてですか？」

「どうしても何も……」

「だって、本当に素敵なんですもの」

「……」

フローラが屈託《くったく》のない笑みを向けると、ドルフはますます顔を赤くして黙り込む。

いつも彼にはドキドキさせられてばかりいるので、こういう反応が見られるのは嬉しい。

フローラはそんなことを考えながら、ドルフの顔を覗き込んだ。

「……もういいだろう。取ってもいいか？」

ドルフは困ったように眉を下げながら尋ねてくる。

「あっ……！　はい、もちろん！」

フローラは慌ててそう言って、ドルフの頭から花冠を取る。

もう少し堪能したいところではあったが、本当に嫌がる前にやめるべきだろう。

「ありがとうございました。とても楽しい時間でした」

「……そうか」

フローラが礼を言うと、ドルフは複雑そうな顔で返事をする。

それから彼は、諦めたように笑みを浮かべながら息を吐き出した。

「まあ、きみが楽しんでくれたのならよかったよ」

そうして、フローラとドルフは互いに小さく笑う。

白い毛玉は二人のやり取りを興味深そうに眺めていたが、やがてどこかへと行ってしまった。

「さて、そろそろ……」

「あ……」

フローラは小さな声で呟き、目を伏せる。

「どうした？」

「あ、あの……実は、ハンカチに刺繍をしてみたんですが……」

からかってしまった後で渡すのは気が引けたが、ここで渡さないわけにもいかない。

フローラはおずおずと、ハンカチを差し出した。

妖精の木と白い毛玉の刺繍を施したものだ。可愛らしくなりすぎないよう、なるべくシンプルなデザインにした。

日頃のお礼にと作ってみたのだが、迷惑ではないだろうか。そんなことを考えながら、フローラはおそるおそるドルフの反応を待つ。

「……！」

彼は驚いた表情を浮かべた後、すぐに顔をほころばせた。

「もらってもいいのか!?」

「は、はい……。あの、こんなもので申し訳ないのですが……」

「そんなことはない！　ありがとう！」

フローラが恐縮していると、ドルフが興奮気味に感謝の言葉を口にした。

「あ……いえ、こちらこそありがとうございます」

フローラは戸惑いながらも礼を言う。

これほど彼が喜んでくれるとは思わなかったため、フローラは少し動揺していた。しかし、同時に胸の奥に温かいものが込み上げてくるのを感じる。

ドルフは大事そうにハンカチを受け取ると、それを眺めて頬を緩めた。

「ありがとう。大切に使わせてもらう」

「いえ、そんな……。大したものではありませんから」

フローラは恐縮するが、ドルフは首を横に振る。

「いや、きみが心を込めて作ってくれたものだから嬉しいんだ。それに大したことがないなんて謙遜《けんそん》しなくていい。俺にとっては何よりの宝物だ」

「……！」

まっすぐに見つめられながら言われて、フローラは頬が熱くなった。

同時に、胸がきゅっと締めつけられる。

「ララ嬢……俺は……」

真剣な表情で何かを言いかけたドルフだったが、次の瞬間、険《けわ》しい顔をする。フローラを庇《かば》うように前に出ると、剣の柄《つか》に手をかけた。

「誰だ⁉」

ドルフが鋭く問いかけると、森の茂みのほうから誰かが姿を現す。

それは赤毛の青年だった。はしばみ色の瞳には面白《おもしろ》がるような光を宿している。

服装がドルフと似ていることから、おそらく騎士なのだろう。ただ、ドルフの服よりは簡素で装飾も少ない。

人懐っこそうな笑顔だが、どことなく油断ならない雰囲気がある。

「あーあ、気づかれちゃいましたか」

「ダレン……貴様、何をしに来た？」

ドルフは剣から手を離しながらも、不機嫌そうな声で尋ねる。

すると、ダレンと呼ばれた青年は肩をすくめた。

「で……じゃなかった、えっと、隊長を捜しに来たんですよ。最近、しょっちゅう姿を消すから、どうしたのかと思ったら……こんなところで女の子とお楽しみ中とはね」

「なっ……！　そういう言い方をするな」

「でも、本当のことでしょう？　こうも頻繁に城を抜け出していたんじゃ、部下としては気が休まりませんよ」

「ぐっ……！」

図星を突かれたのか、ドルフは言葉に詰まる。

「どこで何をしているのか把握していないと、いざというときに困りますからね。今日もあの方に、で……隊長はどこだと聞かれましたよ。捜す手間をかけさせないでください」

「……」

苦々しい顔をしながら、ドルフは黙り込んだ。

「あの方……」

フローラは小声でぼそりと呟く。この言い方では、城で相当の地位にいる人物だろう。

「あ、申し遅れました。俺はダレンといいまして、この方の部下です」

ダレンはにこやかな笑みを浮かべながら、フローラに向かって会釈《えしゃく》する。

「あ、はい……私はララと申します……妖精番です」

フローラも慌てて頭を下げた。

すると、ダレンは興味深そうに目を輝かせる。

「妖精番ということは……カーライル王国王女の侍女だった……へえ……」

呟きながら、ダレンは意味ありげな視線をドルフに送る。

すると、ドルフは居心地悪そうに視線を逸らした。

「……そんなことより、さっさと用件を言え」

ぶっきらぼうに言うドルフに対し、ダレンは呆《あき》れたような視線を向ける。

「だから、捜しに来たと言ったでしょう。あの方が怒っているので、早く戻ってください」

「怒らせておけばいいだろう。放っておいてくれ」

「あのですね……いい加減、刺されますよ」

二人のやり取りを聞きながら、フローラは血の気が引いていく。

刺されるという物騒な言葉から、あの方というのは王太子のことではないかと思い当たったからだ。

王太子は冷酷非情で、気に入らない者を容赦なく処刑するという噂《うわさ》を聞いた。

さすがにドルフは高位貴族だろうから、そう簡単に処刑されることはないと思うが、万が一ということもあり得る。

フローラは不安に駆られながら、おそるおそる口を開く。

「あの……ドルフさま、どうぞお戻りください。も、もし、ドルフさまが罰を受けることになってしまっては……」

「罰……?」

不思議そうにドルフが首を傾げる。

「その……あの方というのは、王太子殿下のことですよね。とても冷酷……厳しいお方だと聞きます。万が一、ドルフさまがお怒りを買って処刑されてしまったら……私……」

フローラは震えながら訴える。想像しただけで、涙が滲んできた。

「ララ嬢……」

困り果てた様子で、ドルフは頭を掻いた。そして、助けを求めるようにダレンを見る。

しかし、彼は肩を震わせながら俯くだけだ。

「あ……」

しまったとフローラは焦る。彼らにとっては、自国の王太子なのだ。そんな相手の悪口とも取れる発言をすれば、気分を害してもおかしくはない。

きっと、怒りに震えているのだろう。

「申し訳ありません……！　余計なことを申し上げてしまい……」

フローラは青ざめながら謝るが、ダレンは顔を上げると吹き出した。

「あっははははは！」

「ダレン……」

ドルフが咎《とが》めるように名を呼ぶが、ダレンは笑い続ける。

「……いや、失礼。まさか、そんなことを心配するとは思わなくて。まあ、確かに王太子殿下は冷酷だし、身勝手な怖い人だけど……見境なく処罰するようなことはしないよ」

「そうなんですか？」

フローラはきょとんとして、ダレンを見つめる。

「うん。だって、俺がこうして……」

「それ以上言わなくていい！」

何か言いかけたダレンだったが、ドルフが遮った。

「わかった、戻る。戻ればいいんだろう」

渋々といった調子で答えると、ドルフはフローラに向き合う。

「ララ嬢、ハンカチをありがとう。大切に使わせてもらう」

「いえ、あの……こちらこそ、受け取ってくださって、ありがとうございます」

まだ戸惑いながらも、フローラは微笑んだ。

すると、ドルフは優しい眼差しを向けてくる。

「では、また」

「はい、ドルフさま」

フローラが返事をすると、ドルフは満足そうに笑って踵《きびす》を返した。その後をダレンが追う。

二人が去っていくのを見送りながら、フローラは先ほどダレンが言いかけたことが気になっていた。

だが、いくら考えても答えは出ないし、詮索《せんさく》してよいことかもわからない。

フローラは小さく息をつくと、家路につくことにした。

＊・・…………・・＊

王城に向かいながら、ダレンは隣を歩くドルフに声をかけた。

「いやいや、ずいぶんとお楽しみでしたね」

「うるさい」

ドルフは眉間《みけん》にしわを寄せて、不機嫌そうな顔をする。

「あれだけ、女に興味がないみたいな態度を取っておきながら、こっそり逢《あ》い引《び》きだなんて……本当にびっくりしましたよ」

「ふん……お前には関係ない」

「はいはい、そうですか」

投げやりに言うと、ダレンは肩をすくめた。

「それにしても、ああいう娘が好みだったとは意外でした」

「意外とはどういうことだ。ララ嬢は愛らしく、聡明《そうめい》で、優しく、素晴らしい女性だろう」

「……」

のろけた様子もなく真顔で言うドルフに、ダレンは唖然《あぜん》とする。

「あの……本気で言っています？」

「当たり前だろう。彼女は妖精のように可憐で美しい。あんなに心清らかな女性は見たことがない」

「あー……そうっすか」

ダレンは半目になりながら、生温かい視線を向けた。

「なんだ、その目は？」

「いや、なんでもないです。恋する男ってすごいなと思っただけですから」

「なっ……！　こ、恋⁉」

動揺したのか、ドルフの声が裏返る。

「ええ、違いました？　さっきの会話を聞く限り、そうとしか思えませんでしたけど」

「そ、それは……その……そうかもしれないが……」

しどろもどろになるドルフを見て、ダレンはくすりと笑う。

「いいじゃないですか。これが初恋ってやつですかね。初めてなら仕方ないか」

「ばっ……馬鹿《ばか》を言うな！」

「あはは」

慌てるドルフに、ダレンは楽しげに笑った。

「まあ、あの娘は気立てもよさそうでしたし、癒《いや》されるんでしょう。髪や瞳の色合いがくすんでいて、見た目が地味なのも、一緒にいて落ち着く理由かもしれませんね」

ダレンがそう言うと、ドルフは目をぱちくりとさせた。

「地味……？　ララ嬢はどう見ても鮮やかな色彩の美少女じゃないか。お前、何を言っているんだ？」

「……はい？」

今度はダレンが目を瞬かせる。

しかし、ややあってから何かに納得したように、うんうんと頷いた。

「……そうですね。恋は盲目と申しますから」

「だから、何を言っているんだ」

「気にしないでください。俺の目には、鮮やかな色彩の美女といえば、王女さまのほうですけれどね。恋する男には、まったく違うものに見えているのかもしれません」

ダレンがそう言うと、ドルフは不可解そうな顔をした。

「王女が鮮やかだと？　あのくすんだ髪と瞳のどこが、鮮やかなんだ」

「……あ、そうきますか」

ダレンは苦笑して、肩をすくめた。

「あー……これは重症ですね」

「何のことだ？」

「いえいえ、独《ひと》り言《ごと》です」

ダレンはひらひらと手を振った。

「いい加減にしろ。さっきからいったい何を……」

「そういえば、あの娘は王太子殿下のことを、冷酷非情で見境のない最低の男だと思っているようでしたね」

文句を言おうとしたドルフを遮って、ダレンは話題を変える。

「……」

その途端、ドルフは無言になった。唇を引き結び、険しい表情をしている。

それを眺めながら、ダレンはにやにやと意地の悪い笑みを浮かべた。

「どんなお気持ちですか――あ、ちょっと待ってくださいよ！」

無言のまま、突然足を速めたドルフを、ダレンは慌てて追いかけていった。

・…………・

フローラは机に向かいながら、日記帳を開いた。

過去の妖精番たちに倣《なら》って、毎日の出来事や思ったことなどを書き綴《つづ》っている。

誰かに見られても問題がないよう、自分の細々《こまごま》とした想いを吐露《とろ》するようなことは書かないが、それでも楽しい時間である。

最初の頃は一、二行で終わることも多かった。しかし、白い毛玉を見かけるようになったあたりから書くことが増えていき、ドルフと出会ってからはいっそう増えた。

「ふふ……」

日記帳に挟んであった押し花の栞《しおり》を取り出し、フローラは微笑む。

以前、果実を収穫したときにドルフが髪に挿してくれた白い花を、押し花にしたのだ。

これを見ているだけで、幸せな気分になれる。

フローラにとっては特別な宝物だ。

やがて色あせていったとしても、いつまでも大切にしたいと思う。

「あ……」

ふと、白い毛玉のことを思い出した。

色あせた花冠を頑《かたく》なに手放そうとしないのは、フローラと同じように大切な人からもらったものだからだろうか。

もしそうだとしたら、誰からの贈り物なのだろう。

「……もしかして」

フローラは思い立ち、本棚へと向かう。

そして、過去の妖精番の日記を手に取った。途中で途切《とぎ》れている、最も新しいものだ。

パラパラとページをめくっていくと、最後に近い部分に気になる記述を見つけた。

『せめて少しでも祭りのような気分をと思って花冠を作ったけれど、やっぱり本当の祭りに行きたい』

　そして、ここから出してもらえないのだと嘆き悲しんでいる。

「うーん……これじゃあ、わからないわね……」

　フローラは小さく息をつく。

　花冠は作ったようだが、それをどうしたかまでは書かれていない。

「でも、きっとこの人はお祭りに行ったんだわ」

　フローラは確信していた。なぜなら、日記がここで終わっているからだ。

　きっと、その直後に何かがあり、戻ってこなかったのだろう。

　おそらく彼女が過去に消えてしまった妖精番に違いない。

「もし、彼女があの子に花冠を渡していて……そしてあの子は、消えてしまった彼女をずっと待ち続けているのだとしたら……？」

　フローラは考え込むように俯いた。

「でも……そうだったとしても、私には何もできないわよね」

　そもそもフローラが知っているのは、あくまで日記の記述だけだ。

　彼女の名前すら知らない。

　しかも、おそらくは何十年も前の人物なのだ。生きているかどうかも怪しい。

「ううん……私の勝手な想像だし……気にしないようにしましょう」

フローラは自分に言い聞かせるように呟く。

そして日記を戻しながら、ぽつりと独りごちる。

「でも……もし、ドルフさまが突然、姿を消したとしたら……私は……」

そこまで言って、はっとした。

いったい何を考えているのか。

フローラは大きく首を横に振った。

「そんなこと……あるはずがないわ」

フローラは自分の胸に手を当てながら、きゅっと目をつぶる。

しかし、王太子の怒りを買ったとしたら、彼が処罰される可能性はあるのではないか。

そうなれば、フローラは二度と彼に会えないかもしれない。

「……っ」

胸が締めつけられるような感覚に襲われて、思わず服の上からぎゅうっと握りしめる。

王太子は恐ろしい人だと聞く。

身勝手で残酷で、容赦がない。しかも、何人もの妾《めかけ》を囲っていて、飽きれば処刑しているという。

あまりにおぞましいからと、肖像画も見せてもらえなかった。

きっと、穏やかで優しいドルフとは正反対の人間なのだろう。

「大丈夫……よ」

そう呟いて、大きく息を吸い込んだ。

「だって、ダレンさまだって、王太子殿下は見境なく処罰するようなことはしないって……言っていたもの……」

フローラは自分を落ち着かせるために、何度も深呼吸を繰り返す。

だが、一度浮かんでしまった不安はなかなか拭《ぬぐ》い去ることができなかった。


ドルフの処遇について心配していたフローラだが、それからも彼は変わらずに訪ねてくる。

毎日のように、一緒に妖精の木へ赴《おもむ》いて供え物をし、新芽の成長を見守った。

今日も水を与えて、観察する。

「これは……草ではなくて木ですよね？」

「そうだな。細いが、これは茎というよりも幹だろう」

すくすくと成長した新芽は、小さな木のようなものになっていた。

その成長ぶりは目を見張るほどで、毎日見ているフローラも驚きを隠せない。すでにフローラの膝《ひざ》よりも少し低いくらいの位置にまで育っている。

「もしかして、これは妖精の木の赤ちゃんなんでしょうか？」

「さあ、どうだろうな。だが、そうだとしたら、喜ばしいことだ」

そう言って、ドルフは穏やかな笑みを浮かべていた。

その表情を見ていると、フローラも嬉しくなってくる。

「はい。とても素敵です。しっかりと守ってあげないといけませんね」

「そうだな。俺たちで見守り続けていこう」

フローラの言葉に、ドルフは大きく頷いた。

その顔はとても優しげで、彼の愛情が伝わってくる。

「ええ、もちろんです」

フローラも微笑みながら返事をした。

この幸せな時間がずっと続けばよいと、心から思う。

しかし、ずっと頭の片隅に王太子のことが引っかかっていた。

今のところ、ドルフが王太子に罰せられている気配《けはい》はない。

そのことには胸を撫で下ろしたフローラだったが、疑問がわいてくる。

王太子が無慈悲で冷酷な性格ならば、ドルフが咎められる危険は十分に考えられる。それなのに、どうしてドルフは見逃されているのだろうか。

ただ、ダレンの言葉によれば、王太子は見境なく処罰するわけではないらしい。

もしかしたら、フローラが聞いた王太子に関する噂は、事実とは異なるのだろうか。

しかし、身代わりで王女となったウィロウは、ひどい扱いを受けているようだった。ならば、やはり噂が真実なのだろうか。

妖精の木から小屋に戻り、フローラはドルフと一緒にお茶を飲む。そうしながら頭を悩ませていると、彼が心配そうに声をかけてきた。

「ララ嬢？　どうかしたか？」

「あ、いえ……何でもありません」

フローラは慌てて首を横に振る。だが、ドルフは眉をひそめた。

「本当に？」

「え、ええ……」

「……悩みがあるのなら言ってくれ」

真剣な口調で言われ、フローラは戸惑いながらも頷く。きっと、一人で考えても答えは出ないだろうし、ドルフに相談するのも悪くないだろう。

「実は……王太子殿下の婚約者となった王女について、考えていたんです」

「……そうか」

フローラが正直に話すと、ドルフは険しい表情を浮かべた。

「あの王女はララ嬢のことを、怠け者の役立たずだと言っていたと聞く。だが、実際のきみは、その逆だ。懸命に働いているし、とても愛らしい女性だと思う」

「そ、そうでしょうか……？」

突然の褒め言葉に驚きながら、フローラは首を傾げる。

「ああ。だから、あの王女は嘘《うそ》を言っていたとしか思えない。まさか、ララ嬢を陥《おとしい》れようと、王女がそう言い出したのだろうか……？」

ドルフの推測に、フローラは息をのむ。

かなり近いところを突いていて、心臓が大きく脈打った。

もしかしたら彼ならば、フローラの真実を見抜いてしまうのかもしれない。

「そもそも、ララ嬢はおそらくかなり高位の貴族令嬢だったのだろう？　ふとした仕草や立ち居振る舞いに気品を感じる。それなのに、どうして王女の侍女としてこの国まで来たのだろうか？」

続くドルフの言葉に、フローラは冷水をかけられたような気分になった。

フローラは王太子との結婚から逃げ出したのだ。もしドルフが真実を見抜いたとしたら、どうなるのだろうか。

本当のことをわかってくれたという満足感は得られる。

だが、フローラが王太子の本当の婚約者なのだと知られたら、臣下であるドルフはフローラを引き渡すしかなくなってしまうだろう。

しかも、侍女を身代わりにして結婚から逃げ出した卑怯《ひきょう》者だと、ドルフから軽蔑《けいべつ》されてしまうかもしれない。

それどころか、場合によっては国同士の問題にも発展しかねないのではないか。

いや、身代わりを提案してきたウィロウが、フローラを唆《そそのか》した魔女だということになるだろう。そもそも、彼女は本当に魔女で、フローラを騙して……。

そこまで考えたところで、頭がぼんやりとして、思考が霧散してしまう。たった今、抱いたばかりの疑念も、すぐに頭から消えていく。

残ったのは、真実を見抜かれてしまえば、絶望が待っているという恐れだけだった。

「ララ嬢……？　顔色がよくないようだが、大丈夫か？」

黙り込んだフローラを心配するように、ドルフは顔を覗き込んでくる。その表情からは、怒りや戸惑いといったものは感じられない。あくまでも善意からの問いかけだ。

「はい、大丈夫です……あの……」

フローラは言い淀《よど》む。真実を見抜いてほしくない。しかし、黙っているのも、また罪の意識を強くしてしまう。

「実は……意に沿わぬ結婚から逃げ出してしまったのです」

悩んだ末に、フローラは本当のことを打ち明けることにした。詳しく話すことはできないものの、紛れもない事実だ。

「結婚から逃げ出す？　きみが……？」

ドルフは眉根を寄せると、怪訝《けげん》な表情を浮かべる。

その反応に、フローラは胸が締めつけられるような痛みを覚えた。

「はい……。私が、逃げ出したから……王女が……私が結婚から逃げなければ……」

フローラは震える声で、途切れ途切れに答える。

こうして口に出すと、改めて罪の重さを思い知った。そして、身代わりになるという、ウィロウの重責にも気づいた。

自分が逃げ出してしまったことで、どれほど彼女に負担がかかっているのだろう。

まして、フローラは妖精の庭で幸せな毎日を送っていた。それは、ウィロウの犠牲の上に成り立っているのだ。

申し訳なさと罪悪感が押し寄せてきて、涙がこぼれそうになる。

「いや、それは逃げ出したくなるほどの、ひどい相手だったのだろう。きみが気に病むことはない」

ドルフは、そう言って励ましてくれるものの、フローラの心は晴れない。

自分の行動を悔やみながら、ぎゅっと手を握りしめる。

「でも……私が逃げなければ……」

「きみに非はない。そんなに自分を責めるな」

なおも苦悩するフローラに、ドルフは優しい言葉をかけてくれる。

だが、それでも罪悪感に苛《さいな》まれていた。

「……実は俺も、婚約者とあまりうまくいっていないんだ。だから、きみの気持ちはよくわかる」

「え……？」

突然、打ち明けられた話に、フローラは驚いてドルフを見つめる。

「最近決まったばかりなんだが、俺の意思など関係なく決められた婚約者だ。ひどく違和感があって……きみと同じように、俺も逃げ出したいと思うことがある」

「そう……だったのですか……」

フローラは愕然《がくぜん》としながら、ドルフを見つめる。

先ほどまでの罪悪感など、吹き飛んでしまうほどに衝撃を受けていた。

ドルフに婚約者がいるなど、考えたこともなかったからだ。

だが、彼は高位貴族だろうから、決して不思議なことではない。けれど、実際に婚約者がいると聞くと、胸に棘《とげ》のようなものが刺さったように痛み、息苦しくなる。

その息苦しさは、ウィロウに対する罪悪感とは、また違った種類のものだ。

自分の心の内を探りながら、フローラは戸惑いを隠せずにいた。

「ああ、そうだ。だから、きみが罪悪感を覚える必要などないんだ」

そんなフローラの動揺に気づかず、ドルフは言葉を続けている。

「きみは、俺が知る中で最も素晴らしい女性だ。だから、どうか自信を持ってくれ」

そう言って、ドルフはフローラの手を握ると微笑んだ。

その笑顔を見て、胸の痛みが増したような気がし、フローラは思わず視線を逸らす。

「はい……ありがとうございます、ドルフさま」

なんとか礼を言ったものの、心臓は早鐘のように打っていた。

ドルフに婚約者がいると聞いて、どうしてこんなに動揺しているのだろう。これではまるで嫉妬《しっと》しているかのようだ。

そんなはずがないと、フローラは自分に言い聞かせる。

ドルフが自分に対して好意を寄せてくれていたとしても、そこに恋愛感情などあるわけがない。ただ不憫《ふびん》な妖精番の娘に同情して、優しくしてもらっているだけだ。

それ以上の意味があるはずがない。

これまでだって、思わせぶりなことを言われたことはあった。だが、好きだとか愛しているといった言葉をかけられたことは一度もないのだ。

だから、勘違いをしてはいけない。彼の優しさにつけ込んで、図々しく甘えるような真似《まね》をしてよいわけではない。

そんな自問を繰り返しながら、フローラは俯き続ける。

「ララ嬢？　どうかしたのか？」

急に黙り込んだからか、ドルフが心配そうに問いかけてくる。

その声にフローラは顔を上げ、ぎこちなく微笑むと口を開いた。

「いえ……何でもありません。そろそろお戻りにならないと、またダレンさまがお迎えに来てしまいますよ」

「……ああ、そうだな。そろそろ戻るとしよう」

残念そうに頷きながら、ドルフが立ち上がる。

「では、また」

最後にそう告げて、ドルフは帰っていった。

そんな彼の後ろ姿を見つめながら、フローラは深いため息をつく。

自分はいったい、どうしてしまったのだろう。こんな感情は知らない。誰かに対して、こんなにも感情を掻き乱されるなんて、初めてのことだった。

ドルフのことを考えると、胸が苦しくなる。彼に婚約者がいるのだと考えると、泣きたいような気持ちになってしまう。

「でも……どうすることも、できないわ……」

ぽつりとフローラは呟く。

今の自分は、ただの妖精番の娘であり、王女ではない。高位貴族であろうドルフとは、身分が違いすぎる。

それに、たとえ王女としての身分を取り戻したとしても、結婚相手はこの国の王太子なのだ。ドルフではない。

どちらにせよ、報《むく》われない。

ならば、この想いに蓋をしよう。気づかないふりをしよう。そうすれば、いつか忘れることができるかもしれない。

これ以上想いが深まる前に、早く忘れてしまいたいと、フローラは願うように目を閉じる。

しかし、瞼《まぶた》の裏に焼きついているのは、ドルフの笑顔だった。それを想うだけで、胸の奥底が苦しくなり、切なくなる。

「どうして……こんなに苦しいの……」

フローラは胸を押さえながら、一人呟く。

その呟きに答えてくれる者は、誰もいなかった。

第三章　迫る危機

どんよりとした空の下、フローラは妖精への捧《ささ》げ物を終えて、小屋に戻ろうとしていた。

ドルフに婚約者がいることを知ってから、胸の痛みはますますひどくなっている。この想《おも》いを断ち切るには、どうすればよいのかわからない。

忘れてしまいたいのに、ふとしたときに彼のことを考えてしまう。

そんな自分が情けなくて、惨《みじ》めで、とてもつらい。

こんなにも誰《だれ》かに心を奪われたのは初めてで、どうしてよいか本当にわからなかった。

「……あ、雨？」

ぽつりと頬《ほお》に水滴を感じ、フローラは空を見上げる。

すると、先ほどまで晴れていたはずの空はいつの間にか灰色に染まっていた。

「……まるで、あのときのようだわ」

ドルフと初めて会ったときも、突然の大雨に見舞われたことを思い出す。

雨に濡《ぬ》れてはいけないと、彼を連れて小屋に駆け込んだ。

そのときの自分は、まさかこうも彼に惹《ひ》かれることになるとは思ってもいなかった。

「懐かしいわね」

そう呟《つぶや》いてから、この想いは思い出に変えなければならないと、フローラは唇を引き結ぶ。

つい涙がこぼれそうになるが、慌てて瞬《まばた》きを繰り返し、何とかこらえようとする。

しかし、突然背後から聞こえてきた声に、思わず身体《からだ》が震えてしまった。

「ララ嬢」

聞き覚えのある声で名を呼ばれ、フローラはおそるおそる振り返る。

そこに立っていたのは、予想どおりの人物だった。

「ドルフさま……」

呆然《ぼうぜん》と名を呼ぶと、彼は少しためらうような素振《そぶ》りを見せた後、ゆっくりと近づいてきた。

会わないほうがよいのだと思いながらも、こうして顔を見れば嬉《うれ》しくなってしまう。そんな自分に気づいて、フローラはぎゅっと拳《こぶし》を握った。

「……雨が降ってきました。今日はお帰りになったほうがよろしいです」

気まずさに視線を逸《そ》らしながらそう告げると、ドルフは小さく息をのんだ。

「そうか……わかった」

少し間を置いてから、彼は短く答える。それから、ちらりとフローラに視線を向けた。

「ララ嬢、きみは……」

何かを言いかけたものの、結局口を閉ざしてしまう。

そのことに胸を痛めつつ、フローラはそっと微笑《ほほえ》んだ。

「それでは、失礼いたします」

フローラは軽く頭を下げてから踵《きびす》を返すと、小走りで小屋へと向かう。

「ララ嬢！」

背中越しに呼び止められたが、立ち止まることはできなかった。

「……さようなら」

そう呟くと同時に、とうとうこらえきれず、目尻に涙が滲《にじ》んでしまう。

このまま彼と距離を置くことが、お互いにとって一番よい選択なのだと自分に言い聞かせながら、フローラは必死に足を動かした。

「うっ……ひぐっ……」

嗚咽《おえつ》を漏らしながら、ようやく小屋にたどり着く。

フローラはそのまま扉を開けると、中に駆け込み、後ろ手に鍵をかけた。

「うぅ……」

そのまま床の上に座り込むと、ぼろぼろと涙が溢《あふ》れ出す。

どうしてこんなに苦しいのか、自分でもわからない。

けれど、どんなに泣いても、ドルフのことを想えば苦しくなるばかりだ。

「どうしよう……どうしたら……」

泣きじゃくりながら、フローラは途方に暮れる。

「……ドルフさま……」

名前を呼べば呼ぶほど、想いは募っていく。

「そうか……私、ドルフさまのことが好きなんだわ……」

ようやく気づいた想いは、言葉になった瞬間に胸の中でさらに膨れ上がった。

これまでは、優しくて親切な彼のことを、兄のように慕っているのだと思っていた。でも、それだけではない。

自分は、彼に恋をしているのだ。

「ドルフさま……好き……好きなの……」

何度も繰り返し呟くと、涙はさらに溢れて止まらなくなった。

「好きになってごめんなさい……でも、好きなの……!」

けれど、彼には婚約者がいる。その事実が重くのしかかり、息もできないほどに苦しい。

「どうしよう……っ……」

こんなにもつらい気持ちになるなら、あのとき彼に出会わなければよかった。

そう思ってしまう自分が情けなくて、ますます涙が溢れ出す。

「うぅっ……」

泣きじゃくりながら、フローラは窓から外の様子を覗《のぞ》き見た。雨はまだ降り続いているようだが、窓を伝う水滴も涙で滲んでよく見えない。

「うう……うっ……」

もういっそこのまま消えてしまえたらどんなにいいだろうと思いながら、フローラは膝《ひざ》を抱える。

小屋の中には雨音だけが響いており、まるで世界にひとりぼっちになってしまったような心地になった。

けれど、この胸の痛みに比べれば、孤独など大した問題ではない。

「もう……どうしたらいいの……？」

答えてくれる人はいないとわかっていても、呟かずにはいられない。

そのとき、不意に小屋の扉がノックされた。

「……っ！」

その音にびくっと肩を震わせながら、フローラは慌てて立ち上がった。逃げるように、扉から少し距離を取る。

「ララ嬢」

扉越しでもわかるその声に、再び胸の奥が熱くなるのを感じた。しかし同時に締めつけられるような痛みを覚えて、返事をすることができないまま唇を引き結ぶ。

「ララ嬢、いるんだろう？」

きたい。

本当は今すぐ扉を開けて、彼の顔を見たい。そして、彼の胸に飛び込んで、思いきり泣きつきたい。

けれど、そんなことをしては駄目だと必死に自分に言い聞かせた。

「……帰ってください」

何とか絞り出した声はひどく震えており、自分でも情けなくなるほどだった。

扉越しに彼が息をのんだ気配《けはい》が伝わってくる。

「ララ嬢……?」

困惑の色を含んだ声が、耳をくすぐる。その声にすら胸の奥が締めつけられ、フローラは胸元で拳を握った。

「お願いです……帰ってください……」

震える声で、どうにかそれだけを伝えると、フローラはぎゅっと目をつむる。

「ララ嬢……」

彼の切なげな声が聞こえる。扉越しに彼の体温を感じたような気がして、胸が甘く疼《うず》く。

このまま扉を開けば、彼は自分のそばにいてくれるのだろうか。そんな考えが一瞬頭をよぎるが、すぐに打ち消した。

「帰って……」

消え入りそうな声でそう繰り返すと、扉の向こうから小さなため息が聞こえてくる。

「わかった」

返ってきた声は、苦渋の滲む悲しげなものだった。

「きみがそう言うのなら、今日のところは帰ることにしよう」

その言葉を最後に、扉の前から気配が離れていくのを感じる。

「あ……」

思わず手を伸ばそうとしたが、すぐに引っ込めた。遠ざかる足音を聞きながら、フローラはその場に崩れ落ちる。

「うっ……うう っ……」

嗚咽が漏れるのと同時に、再び涙が溢れ出す。

扉の向こうから消えた彼のことを想うと、どうしようもなく胸が苦しくなった。

これでよかったのだ。そう自分に言い聞かせるが、胸の痛みは増していくばかりだ。

両手で顔を覆い、声を上げて泣き続ける。

どれだけ泣いても、この胸の痛みが消えることはない。それでも、涙を止めることはできなかった。

「好きだって気づいた瞬間に終わった恋なんて、ひどい……っ……」

泣きじゃくりながら、フローラは呻《うめ》く。

ようやく自分の気持ちに気づいたのに、それを伝えることは許されない。

そのことが苦しくて、切なくてたまらなかった。

「ごめんなさい……ドルフさま、ごめんなさい……」

何度も謝罪の言葉を口にするが、ドルフはもういない。この声も、想いも、彼には届かないだろう。

だが、それでよいのだ。この恋心は、誰にも知られることなく、ひっそりと消え去るべきなのだから。

早く涙と共にこの想いも涸《か》れ果ててしまえばよい。

そうすれば、ドルフと友人のままでいられるはずだ。

「うっ……ひっく……」

嗚咽を漏らしながら、フローラは泣き続けた。

それからどれくらい泣いていたのか、いつの間にか外はすっかり暗くなっていた。

ようやく少し落ち着いてきたようだ。窓の外に広がる闇をぼんやりと眺めていると、雨は上がったようだとふと気づく。

「満月……？」

夜空には、美しい金色の満月が輝いていた。

月光に誘われるように立ち上がり、フローラは鍵をはずして扉を開ける。

その途端、湿った空気が室内へと流れ込んできた。雨上がりの草木の匂いを感じながら、フローラは空を見上げた。

「……綺麗《きれい》……」

雲一つない空に浮かぶ大きな月に見惚《みと》れ、フローラはほうっとため息をつく。

この空を、彼も見ているのだろうかと思うと、また胸が痛くなった。

「ドルフさま……」

ぽつりと名前を呼ぶと、再び切なさが込み上げてきて涙が滲む。

けれど、フローラは必死にそれをこらえた。泣いてもどうにもならないのだと自分に言い聞かせる。

この月を見て、彼は何を思っているのだろう。

同じ空の下にいるはずなのに、彼のことがひどく遠い存在に感じられた。

「ドルフさま……好き……」

伝えることのできない想いを胸に秘めたまま、フローラは月に向かって手を伸ばす。

その指先は届くことなく、むなしく空を切るだけだった。

それから片手の指では足りないほどの日数が過ぎた。

フローラは妖精の木のそばで、膝を抱えながらぼんやりと空を眺めていた。

ずっとドルフと会っていない。あの日以来、毎日のように通ってくれていた彼が来なくなってしまったのだ。

二人で見守った新芽は、小さな若木へと成長していた。もう草と見間違えることもない。この木が大きく育ったら、彼はまたここへ来てくれるだろうか。

「……会いたい」

思わず漏れてしまった声に、フローラははっと我に返る。

彼には婚約者がいるのだから、この恋は諦めようと決意した。雨の中、追い返すというひどいことをしてしまったのだから、嫌われて当然だと思う。

だから、これでよいのだ。そう自分に言い聞かせながら、フローラはぎゅっと拳を握る。

だが、いくらそう思おうとしても、心はなかなか納得してくれない。

「ドルフさま……」

名前を口にするだけで、胸の奥が締めつけられる。

彼の姿を一目でも見ることができたら、きっと諦められるのに。そんなことを考えてしまう自分が嫌でたまらない。

実際には、会ってしまえばますます想いが深くなるだけだろう。なのに、言い訳がましい理由を見つけて、また彼に会いたくなる。

すでに日は傾き始めている。いつも彼が姿を現すのは、早朝から昼にかけてだ。この時間に訪れることはないだろうとわかってはいても、ついつい未練たらしく待っている自分に呆《あき》れてしまう。

「もう、来ないのかな……」

ぽつりと呟きながら、フローラは膝をいっそう強く抱え込む。

「会いたい……」

もう一度口にしてから、フローラはふるりと首を振った。

いけない。こんなことを考えてはいけない。

忘れなくてはならないのに、彼への想いを捨てることができない。

「いえ……そうよ、ドルフさまが王太子殿下から罰を受けていないか、無事かどうかが気になるだけよ……それだけ……」

自分自身にそう言い聞かせるが、胸の痛みは消えてくれなかった。

「はあ……」

フローラが深いため息をつくと、不意に何かがふわりと頬を撫《な》でた。

「え……？」

驚いて顔を上げると、そこには白い毛玉がいた。

白い毛玉は、まるで慰めるようにフローラの手にすり寄ってくる。そして甘えるように、手のひらに顔をぐりぐりと押しつけてきた。

そんな白い毛玉の様子に、つい笑顔がこぼれる。

「ふふっ……慰めてくれているの？」

問いかけると、白い毛玉は嬉しそうに飛び跳ねた。どうやら正解らしい。

フローラはそっと手を伸ばすと、白い毛玉を優しく撫でる。すると、気持ちよさそうに目を細めた。

そんな様子に思わず笑みをこぼすが、ふと手触りに違和感を覚える。いつもよりも、パサパサとしているのだ。

「あれ……もしかして、元気ない？　どこか、具合悪いの？」

問いかけながら指先でそっと撫でてみると、やはりいつもよりパサついている。

毛並みが悪いだけでなく、少し痩せているように見えた。

どこか具合が悪いのかもしれない。

「どうしよう……」

ふと妖精の木を振り返ってみると、妖精の木も少し元気がないように見える。

ここのところ、捧げ物は欠かさなかったものの、自分の思いに沈み込んで観察する余裕がなかった。もしかして、妖精の木も具合が悪いのだろうか。

「どうしよう……どうしたらいいんだろう……」

おろおろとしながら、フローラは白い毛玉を抱き上げる。そして、両手で包み込むように抱きしめた。白い毛を梳《す》くように撫でると、少しパサつきが収まったようだ。

だが、このままでは根本的な解決にはならないだろう。

何かないかと考え込み、フローラははっと閃《ひらめ》く。

「そうだ！　王城には妖精に関する記録があると聞いたわ。もしかしたら、何かわかるかも……妖精の木のためだって言えば、きっと……」

そう呟くと、フローラは白い毛玉を地面に下ろしてすくっと立ち上がる。そして、王城へ向かうため駆け出した。

ところが、妖精の庭の門にたどり着いたところで、フローラは足を止める。

門の向こうの橋を、数名の人影が渡ってくるのが見えたためだ。

「あれは……」

目を凝らしてよくよく見てみると、それは見覚えのある顔だった。

「ドルフさま……！」

フローラは思わず名を呼んでいた。途端に、胸の中に喜びが広がる。

久しぶりに会えたことが、嬉しくてたまらない。

想いを断ち切らなくてはならないのに、こんなにも心が弾んでしまう。

いや、彼が無事だったことが嬉しいだけだ。それ以上の感情はないはずだ。

フローラはそう自分に言い聞かせながらも、駆け出さずにはいられなかった。

「ドルフさま、よかった……！」

しかし次の瞬間、フローラは足を止めた。

こちらを見ているドルフの顔が、とても険《けわ》しいことに気づいたからだ。

彼はとても不機嫌そうな顔をしている。それに怯《ひる》んだフローラは、伸ばしかけた手をぎゅっと握りしめた。

先ほどまで感じていたはずの高揚感が嘘《うそ》のように消え去り、代わりに不安が押し寄せてくる。

フローラの知っているドルフは、いつも穏やかで優しい人だったはずだ。それなのに、今の彼の瞳《ひとみ》は冷たく凍《い》てついているように見えてならない。

まるで悪魔と対峙《たいじ》しているような威圧感さえ感じる。

そのため、フローラは声をかけることができなかった。

「アドルファス王太子殿下、いかがされました？」

フローラが固まっている間に、ドルフのそばに控えていた騎士たちが彼に声をかける。

「いや……なんでもない」

ドルフは硬い表情のまま、小さく首を振った。

その言葉に、フローラははっと我に返る。

聞き間違いでなければ、今、ドルフは『アドルファス王太子殿下』と呼ばれていた。それは、フローラが本来結婚するはずだった、冷酷非情な王太子の名前である。

フローラは驚きのあまり、目を大きく見開く。

どう見てもドルフと同じ顔だ。だが、フローラをまるで路傍《ろぼう》の石のように無視し、冷たい視線を投げかけるこの男が、あの優しかったドルフだとはとても信じられなかった。

目の前の男は、まさに冷酷非情と評された王太子そのものに見える。

フローラが混乱のあまりに呆然と立ち尽くしていると、彼の後ろからもう一人、別の人物が現れた。

「……っ!?」

その姿を見た途端、フローラは息をのむ。

そこにいたのは、フローラの身代わりで王女となった、侍女ウィロウだった。

ウィロウはフローラを見ると、一瞬だけ不快そうに眉根《まゆね》を寄せたが、すぐに無表情になる。

彼女が纏《まと》っているのは、王太子の婚約者にふさわしい豪華なドレスだ。顔色はよく、髪もきちんと整えられている。ひどい扱いを受けているようには見えなかった。

「よかった……無事だったのね……」

フローラは思わずそう呟いていた。

ウィロウが無事に生きていたことに安堵《あんど》し、フローラの口元に微笑みが浮かんでくる。

しかし、フローラの呟きを聞いたウィロウは、一瞬だけ驚いたような顔をすると、さらに不快そうに眉をひそめた。そして、フローラを睨《にら》みつける。

「この……役立たず……！」

「え……？」

突然浴びせられた罵《のの》りの言葉に、フローラは困惑する。

いったい何のことを言っているのかわからない。

しかし、ウィロウはフローラを責めるように、さらに言い募る。

「妖精番の仕事すらまともにできないなんて、本当に恥ずかしいわ！　雑草取りをしないなんて、あなたいったい何を考えているの？　妖精だって、きっと怒っているに違いないわ！」

ウィロウの剣幕に、フローラは何も言えなくなってしまう。

確かに、フローラは雑草取りをしていない。だがそれは、白い毛玉が嫌がったからだ。ましてて、今や小さな若木となったあれは、おそらく妖精の木の子だろう。抜くことが、よいこととは思えない。

他に雑草など生えていないのだから、抜きようがないではないか。

しかし、反論したところで無駄だろう。

ウィロウの憎悪《ぞうお》に満ちた眼差《まなざ》しは、一切の弁明を許さないと告げている。

フローラはただ黙って俯《うつむ》くしかなかった。

「まあまあ、落ち着きなさい。そんなに興奮すると身体によくないよ」

「……っ！　申し訳ありません、殿下……」

激昂《げっこう》していたウィロウだったが、アドルファスの声を聞くと急にしおらしくなる。そして、彼に頭を下げた。

「さて、妖精番の娘。そなたが妖精番の務めを怠《おこた》っていることは、私も聞いている。今からでも心を入れ替え、妖精の庭を美しく保つというのなら、私が責任を持って許してあげよう」

アドルファスは、高圧的な態度でフローラに語りかける。

その声はドルフとよく似ていたが、やはり別人なのだと思わせるほどに冷ややかなものだった。口元に浮かんだ薄い笑みも、ひどく酷薄に見える。

「そなたに機会を与えよう。妖精の庭を美しくするのだ。それができるまで、妖精の庭は封鎖する。その間、一切の支給品は与えない。わかったな」

アドルファスは一方的に告げると、さっと踵を返す。

「……せいぜい、頑張《がんば》りなさい。食べ物を作り出すような魔道具はなかったはずだけれど、何日か食べないくらいで死にはしないでしょう」

そう言うと、ウィロウもまたアドルファスの後を追って歩き出した。

二人の背中を見送りながら、フローラは呆然とする。

「あ、あの……！　妖精の木が……！」

慌てて声を張り上げてみたが、アドルファスとウィロウは振り返ることなく去っていく。

フローラの声など届かなかったのか、それとも聞こえないふりをしたのかはわからないが、どちらにせよ彼らを止めることはできなかった。

そして騎士たちによって門の落とし格子《ごうし》が下ろされ、完全に二人の姿が見えなくなると、フローラはその場にへたり込んだ。


しばらくその場で放心していたフローラだったが、やがてのろのろと立ち上がると、小屋へと戻ることにした。

だが、足どりは重い。

フローラは、先ほどの出来事を思い返し、唇を強く噛《か》みしめる。

胸の中に広がるのは、困惑と悲しみだった。

王太子アドルファスが冷酷非情な人間だとは聞いていたが、まさにそのとおりだった。

それに、どうしてドルフと同じ顔をしているのだろう。

アドルファスは、フローラが知っている優しかったドルフとはあまりにも違う。

まるで悪魔のような恐ろしい男だった。

「……あれは、本当にドルフさまだったの……?」

思わずぽつりと呟く。

「ドルフさまは、私が嫌いになってしまって、それで……」

そう考えるだけで胸が苦しくなる。

あんなにも優しくしてくれた人が、あれほど冷たい目を向けてきたと思うと、とても悲しかった。アドルファスはドルフではないと思いながらも、両者が重なってしまう。

「……いいえ、別人よ。一緒にしたら、ドルフさまに失礼だわ。あんな……まるで作り物のような、冷たい目……」

フローラはふるふると首を横に振る。

「それに……彼女も……」

久しぶりに見たウィロウが元気そうだったことは喜ばしいことだ。

しかし、彼女が向けてきた憎悪の眼差しが忘れられない。

厳しい言葉を投げかけてきたことは、王太子の前だから仕方なくそうしたのかもしれない。

だが、あの目つきは明らかにフローラに対して敵意を抱いていた。

それほど雑草取りの仕事は重要だったということだろうか。あるいは、身代わりとなったことを後悔しているのか。

いや、きっとそうではない。

以前からほんのわずか心に引っかかっていた疑問が、はっきりと形を持っていく。

「きっと……最初から……私を騙《だま》して……」

ウィロウがフローラに成り代わったのは、自分が王太子と結婚するためだったのではないか。

そう思うと、フローラはぞっとした。

もし彼女が悪魔に仕える悪《あ》しき魔女だとしたら、これからどうなるのだろう。

そんなことはないと思いたかったが、もう信じることができなかった。

いつかわからないほど前からウィロウは仕えてくれていたはずだが、具体的には思い出せない。

幼い頃《ころ》にもウィロウがそばにいたような気はする。しかし、ぼんやりとそう思えるだけで、はっきりとした実感はない。

しかも、当時の彼女の姿を思い出そうとしても、今の姿のままなのだ。

今の彼女はフローラとさほど変わらない年齢に見える。十年前も同じ姿など、あり得ない。

「そういえば……昔の行事のときにそばにいた記憶はないわ。そうだわ……私が知ったのは決まってからだけれど、その前から婚約の話し合いが……」

具体的な場面を思い出してみると、ウィロウはどこにもいなかった。

彼女がはっきりと記憶に現れるのは、せいぜい一年ほど前である。フローラとアドルファスの婚約話が持ち上がったのが、その頃だったらしい。

そのときから、全《すべ》て仕組まれていたのかもしれないと思うと、恐怖が込み上げてくる。

「そんな……まさか……でも、そうとしか……」

これまで、フローラはそのことを深く考えようともしなかった。

思い返せば、妖精の庭に来たばかりの頃は、不思議なことが色々とあったはずだ。それにもかかわらず、まともに思考することなく、あっさりと受け入れてしまっていた。

もしかしたら、それも思考力を奪うという、魔女の魔法だったのかもしれない。

母への恩を語っていたのも、フローラに身代わりを受け入れさせるための嘘だったのではないだろうか。

一年前から、フローラを観察しつつ洗脳してきたのかもしれない。

今はひどい精神状態だが、なぜか頭はすっきりしている。そのため、色々なことに気づくことができた。

しかし、心がついていかない。

「どうしよう……どうすれば……」

フローラは涙が溢れそうになるのを必死でこらえ、再び歩き出す。

「あの子のこと……調べられなかったわね……」

思い出しながら、フローラはため息をつく。

白い毛玉や妖精の木の具合が悪そうだったので、王城の記録を調べたかったのだが、とてもそんなことができる状況ではなかった。

妖精の庭は閉ざされてしまい、ここから出ることすら叶《かな》わない。

もう、どうすることもできないのだ。

「……とにかく、今はごはんを作ろう」

空腹のせいで、思考が悪いほうばかりに向かってしまう。フローラは気持ちを切り替えるため、ぱんっと両手で頬を叩《たた》いた。

それから、急いで小屋に戻ると、まずは食材の確認をする。

「……あと、二日分というところかしら」

予想どおり、備蓄は残り少なかった。本来ならば今日か明日あたり支給されるはずだったので、当然だろう。

だが、なんとかやりくりすれば、まだ大丈夫だ。いざとなれば、妖精の庭に生《な》っている果実だってある。

フローラは大きく深呼吸をして気合いを入れると、早速《さっそく》調理に取りかかった。

料理にもかなり慣れてきた。魔道具もあるのだし、簡単なものであればすぐに作れる。

「あれ……そういえば、彼女はどうして魔道具のことを知っていたのかしら……？」

フローラは手を動かし続けていたが、あることに気づき首を傾《かし》げる。

確か、ウィロウは食べ物を作り出すような魔道具はなかったと言っていた。どうして、そこまで正確に知っていたのだろうか。

フローラは不思議に思いながらも、作業を続けることにした。

やがて、フローラは食事の準備を終えると、ゆっくりと椅子《いす》に腰かけた。

テーブルの上に並んでいるのは、パンとスープだ。

祈りを捧げてから、スプーンを手に取る。

「……美味《おい》しくできたはずなのに、なんだかつまらない味だわ……」

フローラは自分で作った食事を一口食べるなり、寂《さび》しげに呟いた。

美味しいはずの料理の味がまったく感じられない。一人で食べているせいなのか、それとも他《ほか》に理由があるのか。

それでも、フローラは黙々と口を動かし続けた。

いつもよりもずっと早く、全ての皿を平らげてしまう。

フローラは食器を片づけると、ぼんやりと窓の外を眺めた。

外は暗くなってきている。

「……」

このまま何もせずに座っていても仕方がない。フローラは立ち上がり、部屋を出ていこうとする。

そのとき、扉を叩く音が聞こえた。

今、ここは閉鎖されていて、誰も入って来られないはずだ。フローラは驚きながら、まさかドルフだろうかと期待を込めて扉を開ける。

しかし、そこに立っていたのは、赤毛の青年だった。

「……ダレンさま？」

フローラが驚いて名前を呼ぶと、彼は小さく笑みを浮かべた。

「こんにちは、ララ嬢。ちょっと聞きたいことがあって」

「は、はい……でも、どうやってここに……？」

「ああ、ちょっと門を乗り越えてね」

「え!?」

あっさりと言われ、フローラは目を丸くする。

そう簡単に越えられる高さではなかったはずだ。だが、そういえば以前ドルフが軽々と木に登っていたのを見たことがある。騎士というのは、それくらいできるのかもしれない。

「まあ、そんなことはどうでもいいじゃないか。それより、うちの隊長が来ていないかい？」

「いえ……来ていませんけれど……」

ドルフのことを考えると、胸の奥がずきりと痛む。

しかし、ダレンの前でその話をするわけにもいかず、フローラは平静を装って答えた。

「……そっか。いるのなら恋しい相手のいる、ここだと思ったんだけどなぁ」

「え？　こ、こいしい相手って……！」

フローラは思わず声を上ずらせる。

ダレンはフローラの反応を見て、口端を上げた。

「おや、違うのかな？」

「ち、違います！　私とドルフさまはそういう関係では……！」

慌てて否定すると、ダレンはおかしそうに笑う。

「あはは、ごめんよ。でも、隊長は間違いなくきみのことを好きだと思っているから」

「……そんなことないです。だって、私のことなんて……」

フローラが俯きながら言うと、ダレンは苦笑いをした。

「それは本人から直接聞くといいさ。ただ、その本人が行方不明なんだ」

「……え？」

フローラが目を見開くと、ダレンは肩をすくめた。

「もう何日も帰ってきてないんだ。だから、何か知らないかと……。もし心当たりがあれば教えてほしいな」

「……わかりません。ここにもずっと来ていなくて……」

フローラは力なく首を横に振る。

彼と最後に会ったときのことを思うと、胸が苦しくなった。それでも何かないかと、必死に記憶を探る。

「……あっ」

「何か思い出したのかな？」

「あの、先ほど、門のところでドルフさまにそっくりな方を見かけました。その方は、アドルファス王太子殿下と呼ばれていたんですが……でも、別人ですよね……」

「ああ……あれに会ったんだ。そして、そっくりな別人、か……なるほどなるほど……」

フローラの言葉を聞くと、ダレンはなぜか満足そうに何度も頷《うなず》く。

「……どうかなさったのですか？」

「いいや、なんでもないよ。ちゃんと隊長のこと見ているんだなぁと思って。ありがとう」

「は、はぁ……」

礼を言われても、よくわからない。

「ところで、隊長と王太子殿下が同一人物だとは思わなかったの？」

「え？　でも、全然違うじゃないですか……ドルフさまは優しくて穏やかで、あんな恐ろしい顔をしていませんでした……」

フローラが戸惑《とまど》っていると、ダレンは愉快そうに微笑む。

「へぇ、優しくて穏やかねぇ……」

「はい。それに王太子殿下は冷酷非情な性格で、さらに何人もの妾《めかけ》を囲っていると聞きました。ドルフさまとは全然違います」

「ぶっ……くっく……あはははは！」

突然、ダレンは腹を抱えて笑い出した。

あまりのことにフローラはぽかんとしてしまう。

ひとしきり笑った後で、ようやく落ち着いたのか、ダレンは大きく息を吐き出す。

「あーおかしい。冷酷のほうはともかく、何人もの妾か……いやいや、ララ嬢は本当に面白《おもしろ》いね」

「え？　え？」

なぜだか褒められているようだ。だが、まったく嬉しくなかった。

むしろ馬鹿《ばか》にされているような気がする。

「……私、真面目《まじめ》に言ったのですが……？」

むっとして睨みつけると、ダレンはまた吹き出す。

「うん、そうだよね。悪かった。あまりにも隊長がかわいそうだったもので、つい……」

「……どういう意味でしょうか？」

フローラが尋ねると、ダレンは笑顔のまま首を横に振った。

「悪いけど、俺《おれ》からは教えられないな。いつか隊長に聞いてみるといいよ。それと……」

そこで言葉を切ってから、ダレンは真剣な表情になる。

「隊長はこの国を背負って立つ人だ。一緒にいたいのなら、覚悟をしてほしい。それだけは伝えておくよ」

「……それって、どういう……」

フローラが聞き返そうと口を開いたときだった。

開け放たれたままだった扉から、白い毛玉が飛び込んできたのだ。

「え……？」

この小屋まで白い毛玉がやって来たことはない。いつも妖精の木の周辺にいるはずだ。

驚いて立ち尽くしていると、白い毛玉はフローラの足下までやって来て、ぴょんぴょんと跳ねた。

その口らしき場所に、ハンカチのようなものがくわえられている。

「これって……！」

フローラが手を伸ばすと、毛玉は口にくわえていたものを差し出してきた。

それは見覚えのある、妖精の木と白い毛玉を刺繍《ししゅう》したハンカチだった。

「私がドルフさまにあげた……どうして……」

フローラは困惑する。まさかドルフが捨ててしまったのかと血の気が引いていくが、どうにかそれを受け取った。

その途端、フローラの脳裏にドルフが闇に包まれていく光景が浮かび上がる。月明かりの下、森の中でドルフが倒れ、ハンカチが落ちていった。

「……っ！　こ、これって、まさかドルフさまが……!?」

あまりにも鮮明な映像だったため、フローラは動揺する。これは本当にあったことなのだと、直感的に理解できた。

ハンカチをドルフが捨てたわけではなくてよかったなどと、安心できるような状況ではない。もっと大変なことが起こっている。

「ドルフさまが……危険なんだわ……」

「え？」

思わず呟くと、ダレンが驚いたように目を瞬《またた》かせる。

だが、フローラは構わず白い毛玉を見つめた。

「もしかして、ドルフさまの居場所を知っているの？」

フローラがしゃがみこんで尋ねると、毛玉は全身で大きく頷いた。

それから、勢いよく跳ねると扉から出ていく。

「ダレンさま、ごめんなさい。私、行きます！　ドルフさまを助けないと……！」

慌ててダレンに声をかけると、フローラは駆け出す。

「え？　殿下が危険……？　今の毛玉は……いや、俺も行くよ！」

ダレンも驚いた様子だったが、すぐに我に返り、フローラの後を追ってくる。

何やらぶつぶつ言っていたようだが、急ぐフローラの耳には届かなかった。

二人は白い毛玉を追いかけ、森の奥へと進んでいった。

やがて妖精の木にたどり着いたが、白い毛玉は止まらない。さらに奥へと向かっていく。

「この先は……入らないようにと言われた、恐ろしい場所……」

思わずフローラは立ち止まってしまう。

以前、好奇心から立ち入ろうとして、あまりの恐怖に進めなかった場所だ。それ以来、決して近づかないようにしていた。

この先は異質な世界が広がっているのだと本能が警告してくる。

それでもフローラは白い毛玉を追おうと、勇気を振り絞る。ドルフがこの先にいるのだと思うと、じっとしていることなどできなかった。

「ララ嬢、大丈夫かい?」

「……はい」

ダレンが心配そうに尋ねてきたが、フローラは短く答える。

正直、怖い。それでも、もう後には退《ひ》けなかった。

フローラは意を決すると、足を一歩踏み入れる。

「……うっ」

その瞬間、全身が総毛立《そうけだ》った。

あまりの恐ろしさに声も出ず、身体が震え出す。

「……無理をする必要はないよ。俺が行ってくるから、少しだけ待っていてくれるかな」

ダレンが優しく言ってくれたが、フローラは首を横に振る。

この先には明らかによくないものがいる。しかし、だからこそドルフが囚《とら》われているのだと、なぜか確信があった。

彼への想いが、フローラを奮い立たせる。

たとえこの恋が報われることなどないとしても、彼の力になりたい。

「いいえ、私は行きます。もし、ここで引き返したら、二度とドルフさまに会えないような気がするので……」

「……そっか」

必死にフローラが言うと、ダレンは苦笑しながら前に進み出た。

「俺が先に歩くから、ゆっくりついてきてね」

「はい……」

ダレンは振り返らずに告げてくる。

彼の優しさに感謝しつつ、フローラは小さく返事をした。

それから二人でゆっくりと進んでいく。最初は怖くて仕方がなかったのだが、しばらく進むと慣れてきたのか、なんとか歩けるようになってきた。

「……ん？」

突然、前を歩いていたダレンが、弾《はじ》かれたように足を止めた。

「どうなさいました？」

「……進めない」

ダレンは険しい顔で呟く。

「進めない？　そんなことが……」

フローラは目を瞬かせる。

「本当だよ。見えない壁のようなものがあって先に進めないんだ」

ダレンは苛立《いらだ》たしげに手を動かすが、確かに透明な壁に阻《はば》まれているようだった。

フローラも同じようにしてみるが、特に何も感じられない。

不思議に思いながらも、そのまま前に進む。するとフローラは何事もなく通り抜けた。

「え？　ララ嬢だけ通れるのか……？」

ダレンは信じられないといった顔になる。

「どうしてなんだろう……？」

フローラも困惑する。

その後ろではダレンが何度も通り抜けようと試していたが、結局無理だったらしい。

「……どうやら、俺はここまでのようだ」

ダレンは悔しげに顔を歪《ゆが》める。

「そんな……」

フローラは言葉を失う。ここまではダレンと一緒だったため、どうにか進むことができた。

しかし、この先は一人で向かわなければならないのだ。

怖くて仕方がない。いっそ逃げ出したくなってくる。

けれど、この先にはきっとドルフがいる。彼を失ってしまうかもしれない恐怖に比べたら、この程度が何だというのか。

今度こそ逃げない。

「……大丈夫です。私が必ず、ドルフさまを見つけ出します」

フローラは自分に言い聞かせるように告げると、ダレンに背を向けた。

「……気をつけて」

ダレンの声を聞きながら、フローラは一歩を踏み出す。

真っ暗な森の中に、ぼんやりとした白い光が見える。フローラはそちらに向かって歩き出した。

「……あれ？」

ふと気づくと、先ほどまで聞こえていた虫の鳴き声が消えている。

風が木々を揺らす音さえもしない。

「ここは……どこ？」

周囲を見回すが、見えるのは暗闇ばかりだ。

「……誰か、いませんか？」

声を出してみたが、返事はない。

「……ドルフさま？」

おずおずと呼びかけてみても、やはり反応はなかった。

不安になりながらも、フローラはゆっくりと前に進んでいく。

「……あっ」

少し歩いたところで、急に視界が開けた。

目の前に現れた光景に、フローラは目を奪われる。

そこは小さな湖のほとりだった。

満天の星の下、水面が宝石のように輝いている。

あまりの美しさに見惚れて、フローラはしばらくの間、その場に立ち尽くしていた。

自分は何をしにここに来たのか、よくわからなくなってくる。

こんな美しい景色が見られるのなら、ずっとここにいてもよいとさえ思えてきた。

「……ララ嬢？」

そのときだ。背後から聞き慣れた声で名前を呼ばれた。

振り返ってみると、そこにはドルフの姿があった。

「ドルフさま！」

フローラは嬉しさのあまり駆け寄る。

「よかった！　ご無事でしたのね」

フローラは安堵して胸を撫で下ろす。

「ああ……ララ嬢、来てくれたのか……」

ドルフは嬉しそうな様子でフローラを見る。その視線にどことなくねっとりしたものを感じて、フローラは違和感を覚えた。

「……どうかしましたか？」

尋ねるが、彼は答えずに黙り込んでしまう。

「あ……そういえば、ダレンさまがこの先で待っているんです。行きましょう」

フローラは思い出すと、ドルフを促そうとする。

だが、彼はなぜか動こうとしなかった。

「……ドルフさま？」

「あいつのことなんてどうでもいい。それよりも、ララ嬢に言わなければならないことがあるんだ」

「えっ？」

驚いて見上げると、彼は真剣な眼差しを向けてきた。

「俺は婚約を破棄してきた。そして、これからはきみと共に生きていく」

「え？　えええええ!?」

突然のことに頭がついていかない。

「ど、どういうことですか？　婚約破棄？　なぜ、そのようなことを……？」

フローラが戸惑っていると、彼は静かに語り始めた。

「俺はきみのことが好きなんだ。だから、他の女と結婚はできない。どうか俺と一緒になってほしい」

「……え？」

フローラは呆然としてしまう。まさかそんなこと言われるとは夢にも思わなかったのだ。

本当にそれでよいのだろうか。彼の婚約者を蔑《ないがし》ろにしてまで、自分を選んでもらっても構わないのだろうか。

迷いながらも、心には喜びが溢れてくる。頭がぼうっとしてしまう。

「私も……私も、あなたをお慕いしています」

気づいたときには口に出していた。

すると、ドルフはフローラの手を取る。

「ありがとう、ララ嬢。嬉しいよ」

「私も……私も、とても幸せです……」

フローラは頬を染めて微笑む。

諦めなければならないと思っていた恋が実ったのだ。これ以上の幸福があるだろうか。

しかし、なぜかすんなりと受け入れられない。どこかが引っかかる。

「……でも、ダレンさまが待っています。早く戻らないと……」

フローラは我に返ると、ダレンのことを思い浮かべる。

「そんなことはどうでもいいよ。もっと、二人で一緒にいよう」

ドルフは穏やかに笑うと、フローラを引き寄せようとする。

何かがおかしいと思うが、頭がぼんやりとして考えられない。

「はい……」

フローラは素直に頷くと、彼に身を預けようとした。

「やっと、あのくだらない女から離れて、きみと結ばれることができるよ」

そのとき、ドルフがぽつりと呟いた。

「……はい？　くだらない？」

フローラは動きを止める。

ところが、彼は笑みを浮かべるだけだ。

「そうだとも。俺の婚約者は醜《みにく》く、性根《しょうね》の卑《いや》しい最低のクズ女だ。それに引き換え、きみは美しく、優しい心を持っている。あんな女よりも、きみのほうが何倍もいい女だよ」

「え？　何を言って……？」

言っている意味がわからず、フローラは困惑する。

ドルフはこのように、口汚く他人を罵るような性格だっただろうか。それも、たとえ望まないにしても己の婚約者をこうも貶《おとし》めるような、浅ましい人間だっただろうか。

他人を下げて褒められたところで、ちっとも嬉しくはない。

突然の豹変《ひょうへん》に恐怖を覚えていると、彼はフローラの顎《あご》をつかんだ。

「さあ、俺たちの愛を確かめ合おう。ずっと一緒にいると約束してくれ……」

「……やめてください」

フローラは震える声で呟く。

「どうしてだい？　きみも望んでいただろう？」

「……違います。あなたはドルフさまじゃない」

フローラははっきりと告げて、ドルフの腕を振り払う。

すると、彼は顔を歪めた。

「……なんだと？」

「あなたは偽物です」

フローラは毅然《きぜん》と言い放つ。

「ふざけるな！　この顔を見ても同じことが言えるのか！」

ドルフは激昂して怒鳴《どな》った。その顔は確かに端整なドルフのものではあったが、怒りに歪んでいて、醜悪に見える。

「……確かに、あなたのお顔はドルフさまに似ています。ですが、それだけです」

フローラは真正面から向かい合いながら、きっぱりと告げる。

「あなたはドルフさまではありません。あの王太子殿下と同じ、顔が似ているだけの別人です」

「貴様……！」

偽物は怒りの形相《ぎょうそう》になると、フローラの首に手を伸ばしてきた。

フローラはとっさに身構える。

「あなたなんて、私が好きになったドルフさまじゃない……！」

フローラは叫ぶと同時に、渾身《こんしん》の力を込めて相手の腹を突き飛ばした。

「ぐあっ！」

ドルフは悲鳴を上げると、後方に吹き飛ばされた。そのまま地面に倒れ込む。

そして姿が薄れ、消えていった。

フローラはしばらく黙っていたが、やがて、小さく息を吐き出す。

「……」

「……やっぱり、ドルフさまではなかった」

フローラは寂しげに呟くと、ゆっくりと周囲を見回す。

いつの間にか湖は消え失せ、星の明かりも見えない暗闇の中に戻っていた。

本物のドルフはどこに行ったのだろう。

もしかしたら、偽りの中で騙されていたほうが幸せだったかもしれない。ふと、そんな考えが頭をよぎるが、すぐに振り払った。

たとえ結ばれることがなくても、自分の気持ちに嘘をつきたくはなかった。彼を好きだという心だけは誰にも否定させない。

必ず見つけ出してみせる。フローラは決意を新たにすると、再び歩き始めた。

すると前方に小さな光が見えてくる。

「あれは……」

近寄っていくと、それが何かわかった。

それは大きな水晶の塊だった。透き通ったその中には、ドルフの姿がある。

今度こそ本物だと、すぐに確信した。

「ドルフさま！」

フローラは慌てて駆け寄ると、水晶を叩く。

「ドルフさま！　起きてください！」

必死に声をかけるが、起きる気配はまったくなかった。

「お願い……目を覚まして……！」

フローラは泣きそうになりながら、再び呼びかけた。

そのとき、白い毛玉がひょこっと現れた。そして、フローラの腕に飛び込んでくる。

「あなたが連れて来てくれたの？」

毛玉を撫でながら尋ねると、肯定するようにすり寄ってきた。

「ありがとう……」

フローラは優しく微笑むと、毛玉を抱き上げる。

すると、白い毛玉が光り始めた。

「え……？」

驚いているうちに、どんどん輝きを増していく。

眩《まぶ》しさに目を閉じると、突然、浮遊感に襲われた。そして、フローラの頭の中に不思議な光景が流れ込んできたのだった。

＊・…………・＊

「まったく……なんて忌々《いまいま》しいのかしら……」

王城の豪華な一室で、ウィロウは不機嫌さを隠さずに吐き捨てた。

「どうしてあの王太子には、私の魔力が通じないのよ……国王には効いたのに……。ああ、そういえば国王はもともと傍系だったわね……ということは、やはり直系の王太子には加護が残っているということかしら。ああ、本当に腹立たしいこと……」

その美しい顔は怒りで歪み、艶《つや》やかな唇からは呪《のろ》いの言葉が次々と吐き出される。

「しかも、あの小娘……せっかく命を助けてやったというのに、余計なことをして……」

忌々し気に舌打ちをする。

「まさか王太子が小娘のところに通うようになるとはね……せっかく王太子から引き離したのに、意味がなかったじゃないの……」

ウィロウは苛立ちをぶつけるように、手の中の水晶玉を強く握る。

「ああ、もう殺してしまおうかしら……」

ウィロウが物騒なことを呟いたときだった。

彼女の手にあった水晶玉に黒い影が揺らめく。

「まあ待て。まだ殺すのは早いぞ」

低い男の声が響いた。

「まあ……王城内にも入り込めるようになったのですね」

ウィロウは嬉しそうな笑みを浮かべると、水晶玉に話しかける。

「うむ。妖精の力が弱っておるからな。簡単に潜り込めるようになったわ」

「素晴らしいですわ」

「それより、あの娘にはまだ利用価値がある。早まるなよ」

「ええ……わかっていますわ。妖精の木が枯れたとき、責任を押しつけるためにも必要ですもの」

「うむ、それならばよい。今はあの娘よりも、王太子だ。妖精の加護を受けたあやつを消すことが最優先事項なのだ。わかるな？」

「もちろんですとも」

「では、また連絡する」

水晶玉に映っていた影が消えると同時に、部屋の中は再び静寂に包まれた。


「ララ嬢……」

今度は別の部屋で、ドルフが窓の外を見てため息をつく。

「どうして……こうなったんだろうなぁ……まさか、彼女が本当に魔女だとでも……」

そう呟いてから、頭を横に振る。

「いや……そんなはずはない。それなら、あんなに熱心に妖精番の務めを果たすものか……」

ドルフは、懐《ふところ》にしのばせたハンカチを取り出す。妖精の木と白い毛玉が刺繍されたものだ。

「……俺以外には、彼女が地味な娘にしか見えないらしい。それだけならまだしも、髪や瞳の色まで違って見えているようだ……」

ハンカチに刺繍された妖精の木をそっと指で撫でながら、ドルフは眉を寄せる。

「悪魔や魔女は、人間の目に映る姿を変えることができるというが……まさか、ララ嬢が……？」

再び、ドルフは頭を横に振った。

「いや、彼女が俺を避けるようになったのは、俺のせいじゃないか……俺が彼女を傷つけるようなことを……最低だな、俺は……」

そして、ぎゅっとハンカチを握りしめる。

「そうだ……姿が違って見えるというのなら、王女もそうらしいな……。ダレンから聞いた王女の容姿と、俺の見ている王女では違うようだ。いや、待て……おかしいだろう。魔女というのなら、むしろ……」

深くソファにもたれながら、ぶつぶつ呟いていると、扉がノックされた。

ドルフははっと我に返ると、急いでハンカチを懐に戻す。

「……王女か。何の用だ？」

不機嫌な声で応じると、入ってきたのはウィロウだった。

「あら、アドルファス殿下。婚約者同士なのですから、仲よくお茶でもいかがですか？」

「……そんな気分ではない」

素《そ》っ気《け》なく答えるドルフだが、ウィロウは構わずに彼の隣に腰を下ろす。

ドルフは、ウィロウから距離を取るようにソファの端へと座り直した。しかし、ウィロウは気にすることなく彼に身体を寄せる。

「今夜は満月ですわね。月が綺麗……」

ウィロウは妖艶《ようえん》な笑みを浮かべる。

「……そうだな」

ドルフは視線を合わせないようにしながら、適当に相槌《あいづち》を打つ。

窓の外には、皓々《こうこう》と輝く大きな満月があった。

「ねえ、ご存知ですか？　満月の夜は悪魔の力が強まるそうですわよ。かつて、とある妖精番の娘が悪魔に囚われてしまったのも、今日のような満月だったとか」

「……それがどうした」

「ふふ……あの娘は今夜を乗り越えられるかしら……？」

「どういうことだ？」

不穏な言葉を聞き、ドルフは眉根を寄せた。

「だって、あの娘には魔法の素質がありますわ。妖精番として優れた資質であるがゆえに、悪魔からも狙《ねら》われやすいのです。最近、あの娘が変わってしまったとは思いませんでしたか？」

「そ、それは……」

口ごもるドルフを、ウィロウはじっと見つめる。

「今頃はきっと、森の奥で悪魔に襲われているはず……どうか、あの娘を助けてくださいませ。さあ、あの娘を森の奥にいる悪魔から救い出すと、お約束くださいまし……」

「くっ……」

ドルフは苦虫を噛み潰《つぶ》したような顔をすると、絞り出すように答えた。

「……わかった。必ず、森の奥にいる悪魔から救い出してやる」

その瞬間、ウィロウの瞳が妖《あや》しく光った。

「ありがとうございます……これで私も安心できますわ」

ウィロウは満足げに微笑むと、優雅に立ち上がって部屋を出ていった。

残されたドルフは、拳を握りしめながら呟いた。

「くっ……！　俺は……いったい、何をやっているんだ⁉　おかしい、絶対におかしい！　こんなのは、俺じゃない！　だが、ララ嬢が……！」

苦悩するドルフの顔が徐々に歪んでいく。

「俺が……俺が助けなければ……！」

ドルフは立ち上がると、剣を手に取る。

「妖精に祝福されたという剣……どうか、力を貸してくれ……！」

そして、彼は窓から飛び出していった。

満月の明かりだけが照らす森の奥を、ドルフは一人進み続けていた。

「ララ嬢……どこだ……？」

不安そうに呟きながら、辺りを見回す。

「……なんだ、この気配は……？」

ふと、ドルフは立ち止まると、耳を澄ませた。

「いや……そもそも、どうして俺はここに来ようと思ったんだ……？」

ドルフは首を傾げる。

「ああ……早く彼女を捜さないと……俺の大切な……」

呟きながら、ドルフは懐から妖精の木と白い毛玉が刺繍されたハンカチを取り出す。それをぐっと握りしめたところで、ドルフは我に返った。

「いや、ララ嬢ならば小屋にいるのではないのか……？　どうして俺は……こんなところまで……」

そのとき、どこからか悲鳴が聞こえた。

「今のは……まさかララ嬢の声!?」

ドルフは弾かれたように走り出した。

「ララ嬢！」

悲鳴の聞こえたほうへ急ぐと、そこには少女が倒れていた。妖精番の服装をした、黄金色の髪の少女だ。

「ララ嬢！」

慌てて抱き起こすと、彼女は苦しげな表情を浮かべていた。

「……う……あ……」

「大丈夫か⁉　しっかりしろ！」

「……ドルフ……さま……？」

少女の目がうっすらと開く。その瞳からは一筋の涙がこぼれた。

「ああ、そうだ……俺が来たからにはもう安心だ」

「どうして……ここに……？」

「きみを助けに来たに決まっているだろう」

ドルフは優しい微笑みを浮かべた。

「さあ、帰ろう。俺がきみを守るから……」

「……ありがとう……ございます……ああ……でも、帰れないのです……私のことを知られれば、きっと処刑されてしまいますわ……」

「どういうことだ？　なぜ、きみが殺されるんだ？」

ドルフが眉根を寄せると、少女は悲しげに微笑んだ。

「だって……私は本物の王女なのですもの……私に成り代わった魔女に、呪いをかけられたのです。真実を知られれば……殺されてしまいますわ……」

「な……!?」

ドルフは絶句した。

少女は続ける。

「だから、私は帰れません……。どうか、私のことは忘れてくださいまし……」

「そんなこと、できるわけがないだろう！」

ドルフは声を荒げるが、少女は小さく首を振ると微笑んだ。

「ふふ……優しいのですね」

そして、ゆっくりと目を閉じる。

「……ドルフさま……それならば、私と一緒に逃げてくださいませ……ずっと、おそばにいさせてくださいませ……どうか、お約束を……」

「ああ、もちろんだ。約束する。ずっとそばにいる。だから、もう安心していいぞ……」

「はい……約束ですわ……ふふ……約束……」

満足そうに呟くと、少女の身体から力が抜ける。

「……眠ったか」

腕の中で眠る少女を優しく見つめながら、ドルフは呟く。

「きみの目が覚めたら……逃げる必要などないと、真実を伝えよう。ララ嬢……きみが俺の本当の婚約者なんだ。俺が必ず、きみの呪いを……」

そう言いかけたときだった。

ドルフの腕の中で眠る少女が、ぐにゃり、と歪んだ。

「な……!?」

少女の姿が歪みながら溶けていく。そして、そこから漆黒《しっこく》の闇が溢れ出した。

闇はまるで意思を持っているかのように蠢《うごめ》いたかと思うと、ドルフの身体を包み込もうとする。

「な、何だこれは……!?」

必死にもがくが、その闇の中から逃れることはできない。

「くっ……いったい、何が起きているんだ……!?」

困惑しながらも抵抗を続けるが、やがてドルフの全身から力が抜けていく。

「ぐっ……」

そして、意識を失ったドルフはその場に倒れ伏したのだった。

「くく……愚かな人間め……まんまと罠《わな》にかかりおったか……」

暗い森の中に、男の低い笑い声が響き渡る。

「しかし、こやつ……妖精の加護のせいで、今の状態では殺せぬ。まあよい。ならば……」

低い声と共に、ドルフの全身が水晶に覆われる。

「さあ、眠れ……永遠にな」

再び男の声が響くと同時に、水晶の中のドルフの姿がゆらりと揺らめく。

その足下に落ちたハンカチが、風に吹かれて飛んでいった。


王城の一室で、アドルファスとウィロウが向かい合っていた。

「そのお体はいかがですか？　どこか調子の悪いところなどありませんか？」

「うむ、数日使ってみたが問題ない。よい人形だ」

アドルファスは鷹揚《おうよう》に答える。

「それはよかったですわ。これでやっと、あなたご自身が動けるようになりましたわね」

「うむ。この人形に入ったことで、森の様子はわからなくなるが……まあ、仕方あるまい。いずれ妖精の木も枯れることだしな。そうすれば、妖精の庭にも足を踏み入れられる」

「ええ、そうですね。そうすれば、このままあなたは王太子として振る舞い、いずれ国王に。そして私は王妃として君臨し続けることができるのですわ」

ウィロウは妖艶な笑みを浮かべる。

「そうだな。あとはあの小娘だが、魔女の素質があるようだし、こちら側に引き込むか」

「え……？　あの娘にそのような価値がありますの……？」

不快そうな表情をするウィロウに、アドルファスは愉快そうに笑う。

「ほう、お前にしては珍しい反応だな。何か気に障《さわ》ることでもあったか？」

「いえ……ただ、あの娘が気に入らないだけですわ」

「ふん、お前が籠絡《ろうらく》できなかった王太子を虜《とりこ》にしたからか？　婚約者という立場にありながら、王太子からまったく相手にされなかったからな」

「……」

ウィロウはアドルファスの言葉に沈黙する。

「図星か」

アドルファスは楽しげに笑った。

「さて、ではあの小娘の逃げ道を塞《ふさ》ぐとするか。妖精の庭を封鎖してしまおう。ついてくるがよい」

そう言って、アドルファスは部屋を出ていった。

「……悪魔め……」

ウィロウは忌々しげに呟くと、アドルファスの後を追ったのだった。

＊・……………・・＊

フローラは、はっとして目を開けた。

「今のは……夢？」

白い毛玉はフローラの腕の中で、心配そうに見上げている。

「あなたが見せてくれたの？」

フローラが尋ねると、肯定するように小さく頷く。

「そう……ありがとう」

微笑んで撫でると、白い毛玉は気持ちよさそうに目を閉じる。

「そういうことだったのね……」

フローラは納得したように呟いた。

今の夢は、きっと現実にあったことだろう。そうでなければ、あれほどはっきりとした内容の説明ができない。

「やっぱり、門で見かけたのはドルフさまではなかったんだわ……」

おそらく、現在の王太子アドルファスの中身は、悪魔なのだろう。ウィロウはそれに仕える魔女だ。

「そして……彼女は……私を騙していたのね……」

フローラは悲しく微笑んだ。

すでにそうだろうとはわかっていた。けれど、実際に真実を突きつけられると胸が痛い。

ウィロウと過ごした日々は、全てが偽りだったのだろうか。

カーライル王国で孤独だったフローラに寄り添い、励まして支えてくれていたのは、全て演技だったのだろうか。

「でも……あの孤独なとき、私が彼女のおかげで救われたことも本当だわ……」

きっとあのときはそれが真実だったのだ。たとえ、利用されていただけだったとしても。

そう思いながら、フローラはゆっくりと息を吐き出し、気持ちを切り替える。

「それよりも……まさかドルフさまが王太子殿下だったなんて……！」

思いもしなかった事実に、驚きを隠せない。

まさか恋した相手が本来の結婚相手で、最初に自分が逃げ出していたなど、誰が想像できるだろうか。

彼が冷酷非情というのは、きっとフローラを騙すための嘘だったのだろう。何人もの妾がいるというのも、あり得ない話だ。

聞かされた話と全然違ったため、彼が王太子アドルファスだとは想像すらしていなかった。

肖像画さえ見せてもらえなかったから仕方がないとはいえ、何とも間の抜けた話である。

喜びがわき上がってくるが、同時に後ろめたさで頭がごちゃごちゃだ。

「ああ……どうしよう……！」

思わず頭を抱えるが、すぐにフローラは顔を上げた。

今はぐだぐだと悩んでいるような場合ではない。

「い、いえ、そんなことよりも、まずはドルフさまを助けないと……！」

フローラは目の前の、大きな水晶に閉じ込められた本物のアドルファスを見る。

「この水晶を壊せばいいのかな……？」

しかし、とても頑丈そうに見える。それに、下手《へた》をするとアドルファスの身体まで傷つけてしまいかねない。

「困ったな……」

他に方法はないのかと周囲を見回していると、白い毛玉がじっとフローラを見ていることに気づいた。

「……？」

首を傾げると、白い毛玉はフローラの唇に毛先を当てた。そして、何かを訴えるような眼差しを向ける。

その途端、頭の中にぼんやりと映像が流れ込んできた。

「ちょっ……！　これって……!?」

突然の映像に、フローラは驚愕《きょうがく》の声を上げる。熱くなった頬を両手で押さえるが、それでも顔の熱は引かなかった。

「えっと……これで本当に？」

念のため確認するが、白い毛玉は自信ありげに力強く頷いている。

「……唇？　額とか頬じゃダメ？」

しかし、今度は激しく体を左右に振っている。

「うぅ……わかったわよ」

フローラは大きく深呼吸をしてから、ゆっくりと水晶を見つめる。アドルファスの整った顔立ちがすぐそばにあると思うと、心臓が激しく脈打つのを感じた。

しかも、アドルファスを覆う水晶は顔の辺りが薄くなっていて、彼の息遣いが聞こえてきそうなほどだった。

「ううっ……」

フローラは緊張に震えながらも、意を決してアドルファスの唇に自分のそれを近づけていく。

「んっ……」

フローラの柔らかな唇が、水晶に触れた。

それと同時に、水晶が眩しい光を放ち始める。

「きゃあっ……！」

あまりの眩しさに、フローラは悲鳴を上げて目を閉じた。

「これは……いったい……？」

光が収まると、水晶にはヒビが入っていた。

水晶が完全に砕け散り、中からアドルファスが姿を現す。

「ううっ……」

アドルファスは頭を手で押さえながら、呻き声を上げている。

「大丈夫ですか、ドルフさま！」

慌てて寄り添うと、アドルファスはゆっくりと顔を上げる。

「う……あ……ララ嬢か……無事だったんだな……」

「はい、なんとか……」

フローラはほっとして微笑む。

「俺は確か……悪魔に囚われて……それで……？」

記憶が混乱しているようで、険しい顔で呟く。

「悪魔は、もうここにはいないみたいです」

確か、先ほど見た夢では、悪魔はアドルファスの形《なり》をした人形の中に入り込んでいるようだった。森の様子がわからなくなると言っていたので、ここにはいないだろう。

「そうか……なら、早くここから出なければ……」

アドルファスはよろめきながら立ち上がる。

「だ、大丈夫ですか？　もう少し休んでいったほうが……」

「いや……そうも言っていられない……ここは悪魔の領域だ。長く留《とど》まっていれば、どんな影響があるかわからないからな」

「そ、そうですね……」

確かに、この場所は異質だ。大分慣れてきたが、ここにいるだけで気分が悪くなってくる。

「さあ、行こう」

アドルファスはふらつきながら歩き出す。

「はい」

フローラはアドルファスを支えながら、出口を探そうと周囲を見回す。

そのとき、地面が大きく揺れた。

「な、何……!?」

驚いて足下を見ると、周囲の土が盛り上がっていく。

「まさか……！」

アドルファスは険しい表情を浮かべると、フローラを庇《かば》うように抱き寄せる。

「ドルフさま……？」

戸惑うフローラを抱きしめたまま、アドルファスは低い声で囁《ささや》く。

「俺から離れないでくれ……」

「はい……」

フローラはアドルファスの腕の中で、不安を押し殺す。

やがて、二人の目の前に大きな黒い影が現れた。

それは巨大な蛇のような姿だった。長い胴体は地面に隠れていて見えない。

だが、鎌首をもたげたその頭だけでも、フローラが今まで見たことがないほど巨大だ。二人を一口で飲み込めそうなほどである。

「っ……！」

大蛇は赤い瞳で二人を見下ろすと、大きく口を開く。

フローラは思わず息をのむ。

あの口にのみ込まれたら、ひとたまりもない。

「くっ……」

アドルファスは剣を構えると、地を蹴って大蛇に飛びかかった。

鋭い牙をくぐり抜け、その胴に斬りかかる。剣が光を帯びるが、その刃《やいば》は鱗《うろこ》に弾かれた。

「硬いな……」

アドルファスは苦々しげに呟いて、飛び退《の》く。

「ドルフさま……！」

胸の前でぎゅっと手を握りしめ、フローラは叫ぶ。

しかし、アドルファスは振り返ることなく、まっすぐに前だけを見据えていた。

「ドルフさま……！」

フローラは再び叫んだ。

「お願い……ドルフさまを助けて……！」

フローラは強く祈る。すると、腕の中の白い毛玉が淡い輝きを放った。

「えっ……？」

フローラが目を見開くと同時に、光の粒子がアドルファスに向かって飛んでいき、彼の身体を包み込む。

そして、彼の身体からも同じように光が溢れ出した。

「これは……」

アドルファスは驚いた様子だったが、すぐに何かに気づいたのか、小さく笑みを浮かべる。

「ああ……そういうことなのか……」

アドルファスは納得したように言うと、もう一度剣を構えた。

そして、今度は迷うことなく大蛇の頭に斬りつける。

すると、その頭は真っ二つに斬り裂かれ、一瞬にして消え去った。

同時に、周囲の景色がぐにゃりと歪む。

「ララ嬢！」

アドルファスはフローラを抱き上げると、そのまま走り出す。

「えっ？　ちょっ……！　ドルフさま……!?」

フローラは突然のことに驚き、声を上げる。

白い毛玉は何かを察したように、フローラのエプロンのポケットの中に潜り込んだ。

「しっかりつかまっていてくれ」

アドルファスは短く告げる。

「は、はい……」

フローラはおずおずと答えると、アドルファスの首にしっかりしがみつく。

すぐそばにアドルファスの顔があり、フローラは恥ずかしさに顔が熱くなっていくのを感じた。

アドルファスはそんなフローラの様子を気にすることなく、さらに速度を上げる。

フローラは振り落とされないように、必死にアドルファスにしがみついていた。

しばらくして、二人は元の森の中へと戻ってきた。

「ここまで来れば、もう大丈夫だろう」

そう言いながらも、アドルファスはフローラを下ろそうとはしない。

「あ、あの……もう大丈夫ですから……」

フローラは遠慮がちに言ったが、アドルファスはまだ離してくれなかった。

「すまない……もう少しこのままでいさせてほしい」

「……はい」

フローラは小さな声で答え、アドルファスに身を預けるように寄り添った。

「…………」

しばらく無言の時間が流れる。

しかし、不思議と気まずさはなく、フローラはアドルファスとこうしていられることが嬉しかった。

「ララ嬢」

「はい」

アドルファスはようやくフローラを下ろしてくれた。

名残惜《なごり》しかったが、いつまでもこうしているわけにはいかない。

「改めて礼を言うよ。きみのおかげで助かった」

「いえ、私はただ……」

「きみの力がなければ、俺はきっと悪魔に囚われたまま永遠に眠っていただろう」

「でも、助けたのはこの子です」

フローラはポケットの中から少しだけ顔を出した白い毛玉に視線を向ける。

「ああ、そうだな」

アドルファスは目を細めて笑うと、白い毛玉に手を伸ばす。

「ララ嬢と俺を守ってくれてありがとう」

アドルファスの手が触れると、白い毛玉は心地よさそうに目を閉じた。

「やはり、これが妖精なのだろうな」

「そうですね」

フローラはアドルファスの言葉に同意する。

そして、おとなしく目を閉じたままの白い毛玉をそっと撫でた。

白い毛玉はしばらく撫でられていたが、ややあって再びポケットの中に潜り込む。

「ところで、俺は水晶のようなものに閉じ込められていたと思うんだが、きみはどうやって出してくれたんだ？　記憶が曖昧《あいまい》でよく覚えていないのだが……」

「それは……」

フローラは顔が熱くなってくるのを感じながら、なんとか答える。

「わ、私の唇を……ドルフさまに……」

「……？」

アドルファスは訝《いぶか》しげな顔をする。

「な、なんでもありません！」

フローラが慌ててごまかすと、アドルファスは何か察したらしく、それ以上追及してはこなかった。

　その代わり、真剣な表情でフローラを見つめる。

「ララ嬢、もう気づいているかもしれないが、俺は王太子アドルファスだ。きみは……俺の本当の婚約者なのだろう？」

「なっ……！」

　フローラは驚いて絶句する。

「そ、それは……」

　どうしよう。なんて言えばよいのだろうか。

　フローラは動揺しながら考える。

　だが、アドルファスは黙ってフローラの反応を待つだけだった。

　フローラは一度深呼吸をして気持ちを整えると、まっすぐにアドルファスを見返す。

「はい、私は……ふ……ふろ……うっ……」

　答えようとしても、うまく言葉が出てこない。

　やはり奪われた名前を口にすることはできないようだ。だが、それでも少しだけ言えたので、もしかしたら呪いが弱まっているのだろうか。

「無理をしなくていい。魔女に呪いをかけられたのだろう？　あのとき、俺も同じような目にあったからわかる」

アドルファスは優しく微笑んでくれた。

その笑顔に胸が締めつけられるような思いになる。

「ごめんなさい……」

フローラは俯き、ぽつりと呟いた。

「謝ることなどない。俺は嬉しいんだ。愛《いと》しい人が俺の本当の婚約者だったなんて……」

「えっ……？」

フローラは目を見開いてアドルファスを見上げる。

今、彼は何と言ったのだろう。聞き間違いでなければ、確かに『愛しい人』と言っていた気がする。

「あ……いや……その……」

アドルファスは慌てるが、すぐに覚悟を決めたようにフローラを見据える。

「俺はきみのことが好きだ」

「っ……！」

思いがけない告白に、フローラは言葉を失う。

「初めて会ったときから惹かれていたんだ。きみを知れば知るほど、もっと好きになってしまった。きみのそばにいられるだけで幸せだと思えた。こんな気持ちになったのは初めてだ……」

アドルファスは真剣な眼差しで言葉を続ける。

「ララ嬢、きみを愛している」

静かで落ち着いた声だったが、その瞳には強い想いが込められていた。

「ドルフさま……」

フローラは胸の前で両手を組む。

アドルファスの想いがまっすぐ心に伝わってきた。胸の奥から熱いものが込み上げてくるのを感じる。

彼が自分と同じ気持ちでいてくれたのだと思うと、嬉しさに涙が出そうになった。

「私も同じです……」

フローラは小さく震える声で告げる。

「私も……あなたのことをお慕いしています」

「ああ……！」

アドルファスは嬉しそうな笑みを浮かべると、フローラを強く抱きしめる。

「あっ……」

突然のことにフローラは驚くが、すぐにアドルファスに身を委《ゆだ》ねるようにして力を抜く。

アドルファスの腕の中はとても温かくて、幸せに包まれているようだった。

「ララ嬢……！」

「ドルフさま……！」

アドルファスとフローラは見つめ合うと、ゆっくりと互いの距離を縮めていく。

そして、二人の唇が触れようとしたそのとき――。

「無事だったんですね！　殿下、ララ嬢！」

突然、背後から声が聞こえてきた。

「えっ……？」

フローラは戸惑いの声を上げ、アドルファスは動きを止める。

二人が振り返ると、そこには心配そうな様子で駆けつけてきたダレンの姿があった。

「透明な壁が消えたんで、やっと進むことが……」

「ダレン、貴様……！」

アドルファスは険しい顔つきで、言いかけたダレンを遮る。そして、剣の柄《つか》に手をかけた。

「え、ちょっ……！　どうして怒っているんですか⁉」

「なぜだと？　決まっているだろう！」

アドルファスは声を荒げる。

「せっかくよいところだったというのに、お前が現れたせいで台無しになったからだ！」

「えぇー……」

あまりに理不尽な怒りをぶつけられ、ダレンは困惑する。

それから彼はフローラに視線を向けて一瞬だけ何かを考えたようだったが、すぐに口を開く。

「それは後でゆっくりやってくださいよ。今は、王城に殿下の偽物がいるんですよ」

「なんだと……？」

アドルファスは眉根を寄せ、鋭い視線をダレンに向ける。

「どういうことだ……？」

「詳しくはわかりませんが、少し前から何者かが王太子のふりをしているみたいなんです」

「まさか……」

アドルファスは信じられないという表情をする。

「俺のふりをした奴が王城に？　誰も不審には思わなかったのか？」

「もともと殿下は冷酷非情と言われるような方なので、周りは結婚も近いのだし思うこともあるんだろう、くらいな感じでしたね。まあ、俺はすぐに気づきましたけれど」

「そうか……」

アドルファスは腕組みをしながら考え込む。

「俺の偽物がそんな大胆な真似《まね》をしていたとはな。だが、いったい誰が俺のふりをして何をするつもりだ？」

二人の会話を聞き、フローラははっと思い出す。

「あ……そうです！　人形に悪魔が入り込んで、王太子として振る舞っていました！」

「なんだって……!?」

アドルファスは驚いた表情をする。

「本当か？　ララ嬢」

「はい。妖精さんが見せてくれました」

フローラはポケットの中から、白い毛玉をそっと抱き上げる。

「妖精が……そうか……色々と助けてくれたのだな……」

アドルファスはフローラの腕の中の白い毛玉を見て、優しい眼差しを向ける。

「ありがとう……ん？」

アドルファスは何かに気づいたようで、フローラの手にある白い毛玉をじっと見つめる。

その視線を追って、フローラも白い毛玉を見下ろす。

すると、白い毛玉はぴくりとも動かず、まるで石像のように固まっていた。

「妖精さん？」

「どうしたんだ？」

フローラとアドルファスは不思議に思って白い毛玉を覗き込む。

すると、白い毛玉はふるふると震え出し、フローラに身を寄せてくる。

「あっ……」

フローラは白い毛玉を抱く手に力を入れる。

そのとき、大音響と共に地面が揺れた。

「きゃあっ⁉」

突然の衝撃にフローラは転びそうになってしまい、悲鳴を上げる。

「大丈夫か？」

「は、はい……」

アドルファスに支えられ、フローラはなんとか踏みとどまった。

土埃《つちぼこり》が舞い上がり、周りがよく見えない。大量の葉っぱも落ちてきて視界を覆っている。

「うっ……げほっ……な、なんだ……あっ！」

ダレンは顔をしかめながら咳《せ》き込んだ後、驚いた声を上げる。

少し離れた場所に、大きな何かがあった。土煙が収まっていくと、それが大きな樹木の倒れた姿であることを理解する。

「そ、そんな……まさか……」

フローラが上を向くと、これまでいつも道しるべとなっていた妖精の木が見当たらない。

どっしりとそびえ立っていた妖精の木は、悪魔の領域に向かって倒れてしまっていた。

「なんということだ……」

アドルファスは呆然と呟く。

「妖精の木が……こんな……まさか……妖精さんが力を使い果たして……！」

育ってきた小さな若木たちは大丈夫だろうか。

一緒に倒れていないか、あるいは倒れた木に押し潰されていないか。

フローラは心配で、胸がぎゅっと苦しくなる。

だが、今はそれよりも目の前のことだ。

白い毛玉を見下ろして、フローラは青ざめる。

「妖精さん……！」

フローラが呼びかけても返事はない。どんどん姿が薄れていく。

「うそ……！　嫌よ……！」

フローラの目からは涙がこぼれ落ちる。

すると、消えそうなほどに姿が薄れていた白い毛玉は、光の粒となって弾けた。

そして、その光がフローラとアドルファスを包み込む。

「きゃっ……」

「うわっ……」

二人は思わず目を閉じる。

頭の中に、妖精の思い出らしき映像が流れ込んできた。過去の妖精番とのやり取りの記憶だろうか。

先ほど、悪魔の領域で見せてくれた出来事とは違った、とても古い記憶のようだ。

妖精が鮮やかな花冠《はなかんむり》を頭に載せてもらい、そして妖精番の娘を見上げ――。

「え……？」

フローラは目を開ける。

「今のは……？」

フローラは戸惑った様子でアドルファスを見上げる。

「俺にも見えた。今、確かに……」

アドルファスは頷きながら、フローラを見返す。

「俺たちは今、妖精の過去を見たんだ」

「え……？」

フローラは驚きのあまり、口をぽかんと開ける。

「ほ、本当に……？」

「ああ」

アドルファスは確信に満ちた顔で答える。

「俺も見た。だから間違いない」

「ということは、あの妖精番は……やっぱり……」

「ああ……そうだろうな……」

アドルファスとフローラは見つめ合い、同時に頷き合う。

そのとき、王城のほうが大騒ぎになっていることに気づいた。

「まずい！　妖精の木が倒れた以上、妖精番が責任を問われるかもしれない！」

ダレンの声で、フローラは我に返る。

そして、悪魔とウィロウが、妖精の木が枯れたときにフローラに責任を押しつけようと話していたのを思い出し、顔を強張《こわば》らせる。

きっとこのままでは、フローラは妖精番の役割を果たさなかった罪人として、捕えられるだろう。

その考えを裏づけるように、大勢の足音が聞こえてきた。

フローラが慌てていると、突然アドルファスに強く抱きしめられた。

「どうしよう……！」

「大丈夫だ」

安心させるように、アドルファスは優しく囁く。

「俺が王太子として奴らを止めてみせる」

「ドルフさま……」

フローラは、アドルファスの顔を見つめる。

「で……でも、今は王城に偽物の王太子がいます。下手をすれば、ドルフさまが本物とわからず、捕えられてしまうかもしれません」

「それは……」

アドルファスは少し困ったような表情を浮かべる。

「だが、このままでは……！」

アドルファスが言いかけたとき、ダレンが二人の間に割って入った。

「俺がララ嬢を捕えたことにして、連行していきます。そうすれば、少しはマシな扱いができるでしょう。そして、その間に殿下は偽物をどうにかしてください」

ダレンの提案に、アドルファスは眉根を寄せて考える。

「そうか……。そうだな……」

アドルファスは苦渋の表情を浮かべながらフローラを見る。

「……捕えられても、すぐに裁かれることはないはずだ。それまでに、必ず助ける。待っていてくれ……！」

「……はい」

フローラは不安を押し殺し、しっかりとした声で答えた。

「どうかお気をつけて……」

「ああ……」

アドルファスは力強く微笑み、フローラの額に口づける。

「愛しているよ……ララ嬢」

「私もです、ドルフさま……」

二人は熱い眼差しを交わした後、名残惜しそうにゆっくりと離れていく。

「さあ、行こうか……」

「はい……」

フローラはダレンに連れられ、その場を後にした。

第四章　呪いからの解放

アドルファスはフローラの姿が見えなくなるまで見送り、そして踵《きびす》を返した。

抜け道を通り、こっそり王城へと戻る。

向かう先は、書庫だ。

周囲の人間は、偽物に騙《だま》されているという。どうやら国王も同じらしい。

「父上が正気であれば話は早かったのだが……いや、そもそも魔女の力に惑わされなかったのは、俺《おれ》だけか……」

アドルファスは自嘲《じちょう》気味に呟《つぶや》く。

魔女の呪《のろ》いを受けたフローラは、他者には地味な娘に見えるという。

しかし、アドルファスの目には最初から輝くような美少女にしか見えなかった。

偽りの婚約者についてもそうだ。他人が見ている彼女と、アドルファスが見ている彼女は違う。

「そうか、王家には妖精の加護があるという話は本当だったのだな。父上は傍系で、本来の直系は母上だった。だから、俺だけが影響を受けなかったのか……」

アドルファスは一人納得したように呟いた。

一度だけ影響を受けてしまったのは、アドルファスの心が弱っているところに付け込まれてしまったからだろう。

さすが魔女だと、アドルファスは苦笑するしかない。

「だが、皆は惑わされていても、操られているわけではないようだ。ダレンは俺の偽物に気づいたようだからな。それならば、まだ希望はある……」

アドルファスは拳《こぶし》を強く握りしめ、決意を新たにして歩き続ける。

今、アドルファスが本物だと名乗り出たところで、信じてもらえるかわからない。ならば、証拠が必要だ。

悪魔の正体を暴《あば》き、王女のふりをしている女が魔女だと証明するのだ。

「普通に考えれば、ララ嬢は妖精の木を枯らせた罪で追放あたりだろうが……嫌な予感がする。それだけでは済まないような……急ごう」

もしフローラが追放になったとしても、後から救い出せばよいなどという悠長《ゆうちょう》な考えは捨てるべきだ。

すぐにでも動かねば、取り返しのつかないことになるかもしれない。確信めいた予感が、アドルファスを突き動かす。

足早に書庫にたどり着き、奥にある本棚へと向かう。

「確か、この辺りだったはず……あった！」

アドルファスは目当ての本を引っ張り出す。悪魔と魔女について書かれた古い書物だ。

以前、少しだけ読んだことがある。そのときは、ぱらぱらと流し読みをしただけだった。

その後、ララが魔女ではないかと疑ったことがあった。だがすぐに、魔女というのなら、婚約者のほうだろうと思い直したのだ。

この本を読んで確かめようと考えたのだが、その前に悪魔に囚《とら》われてしまった。

「まさか、ララ嬢が本物の王女で、俺の婚約者だったとはな……」

アドルファスは小さく笑う。

初めて会ったときから、ずっと惹《ひ》かれていた。

彼女の行動の一つ一つが可愛《かわい》らしくて、つい目で追ってしまう。ひたむきで一生懸命で、健《けな》気《げ》に頑張《がんば》っている姿に心打たれる。

さらに、悪魔の領域にまでアドルファスを助けに乗り込んで来てくれるくらい、勇気も持ち合わせているのだ。

ララのことを思うと胸が温かくなって、笑顔を見ると幸せな気持ちになる。

これが恋なのだと、生まれて初めて知った。

「こんな奇跡、絶対に手放せるものか。どんなことがあっても守ってみせる」

アドルファスは真剣な眼差《まなざ》しを向けながら、古びた本のページをめくっていく。

そこには、魔女の力のことが書かれていた。

アドルファスはじっくりと読んでいく。そして、ある項目に目が留まった。

「これは……」

アドルファスは目を丸くする。

そこに記されている内容こそ、自分が求めていたものだったからだ。

「やはり……そういうことだったのか……だから俺はあのとき……きっとララ嬢も……」

アドルファスは思い当たる節があり、思わず笑みをこぼす。

「なるほど……それならば、こうして……ああして……」

ぶつぶつと呟きながら、アドルファスは頭の中で作戦を練り上げていった。

＊・……………・＊

王城の地下牢《ちかろう》に入れられたフローラは、ぼんやりと天井を眺める。

ダレンができる限りの便宜を図ってくれたおかげで、フローラは粗末ではあるが個室を与えられた。手足を繋がれることもなく、食事と睡眠をとることができる。

しかし、見張りの騎士がいるため、逃げることはできないだろう。

そもそも、ここで逃げたところで行くあてはない。

妖精の庭の様子は気になったが、何もできることはなかった。小さな若木たちの無事を、祈ることしかできない。

今、フローラにできることは、アドルファスを信じて待つことだ。

フローラは膝《ひざ》を抱えて座り込み、静かに瞼《まぶた》を閉じる。

「ドルフさま……」

フローラはぽつりと愛する人の名を呟いた。

彼のことを想《おも》うと、心が温かくなっていくのを感じる。

愛しているという言葉も、優しい眼差しも、力強い腕も、まだ鮮明に残っている。それが今のフローラの支えになっていた。

しかも、彼こそが王太子で、本当の婚約者なのだ。

こんなにも幸せなことがあるだろうか。

だが、それと同時に胸が締めつけられるような痛みも感じる。

「……あのとき、私が逃げなければ」

フローラは唇を噛《か》みしめ、自分の愚かさを悔やむ。

噂《うわさ》になど惑わされず、王女としての役割を全《まっと》うしていれば、こんなことにはならなかったかもしれない。

魔女に唆《そそのか》されたとはいえ、楽な道に流された。

その結果がこの有様《ありさま》だ。

もし、自分がきちんと役目を果たしていたなら、今頃《いまごろ》はアドルファスと幸せに暮らしていたのだろうか。

想い合っている相手とは婚約者同士で、本来ならば何一つ問題はないはずだ。

それなのに、あまりにも複雑に糸が絡《から》まってしまった。

「いいえ……今さら悔やんだところで、もう遅い……」

フローラは小さく首を横に振る。

全《すべ》ては起こってしまったことであり、後悔しても仕方がない。

ならば、これからどうするかを考えるべきだ。

妖精番として過ごしてきたからこそ、できることがあるのではないか。妖精の庭で培《つちか》ってきた知識や経験は、無駄ではないはずだ。

フローラは決意を固め、拳を握る。

「……私は絶対に負けないわ。もう、逃げない。後悔するよりも、前を向いて生きるほうがずっとよいもの……」

フローラは自分自身に言い聞かせるように呟く。

アドルファスを愛しているからこそ、フローラは強くならなければならない。

「ドルフさま……」

フローラは、アドルファスのことだけを思い浮かべる。

今は、彼を信じて少しでも体力を回復させるべきだ。フローラは必死に眠ろうと努力した。

すると、いつの間にか意識を失っていたようで、フローラはふと顔を上げる。

扉の向こうから足音が聞こえてきたからだ。

フローラは慌てて起き上がり、身構える。

鉄格子《てつごうし》の前までやって来たのは、兜《かぶと》を被《かぶ》った騎士だ。黙って見下ろすだけで、何も言わない。

「……裁きの時間ですか？」

フローラが尋ねると、兜の騎士は黙ったまま頷《うなず》く。

そして、腰に下げていた鍵を取り出し、鉄格子の鍵を開ける。

アドルファスは間に合わなかったのか。フローラは落胆するが、それでも毅然《きぜん》とした態度で立ち上がった。

まだ終わりではない。アドルファスの助けを当てにするだけではなく、自分も立ち向かわなければならないのだ。

おそらく、この先には悪魔が待ち構えている。

それに、魔女であるウィロウもだ。

フローラはゆっくりと深呼吸すると、覚悟を決めて牢屋から出る。そして、兜の騎士の後に続いて歩き始めた。

薄暗い廊下を通り抜けて階段を上り、廊下を通って謁見《えっけん》の間へと案内される。

そこは、以前訪れたときとはまったく違う雰囲気《ふんいき》だった。

玉座には国王が座り、そのそばには王太子とウィロウがいる。

さらに、多くの貴族が居並んでいた。

それだけなら、以前よりも人が多いくらいだ。彼らがフローラに厳しい視線を向けてくるのも、予想どおりではある。

だが、そういったものとは違う、異質な空気が漂っていた。

まるで、処刑場のような張り詰めた緊張感が支配していたのだ。

フローラはその異様な雰囲気に戸惑《とまど》うが、すぐに気を取り直す。

ここで怯《おび》えていては何もできない。

フローラは凛《りん》とした表情を浮かべたまま、背筋《せすじ》を伸ばして歩を進めた。

その姿を見て、貴族たちがひそひそと囁《ささや》き合う。

「おやおや……なんと地味な娘でしょう」

「魔女というからには、もっと妖艶《ようえん》な美女かと思ったのですが……」

「いやいや、そうして油断させるつもりかもしれませんぞ」

そんな声を聞きながら、フローラはまっすぐ前を見据える。

これから何が起こるのかわからないが、せめて堂々と振る舞おうと決めた。

たとえ奪われたとはいえ、フローラは王女で、王太子アドルファスの婚約者なのだ。

もう逃げることはしない。

やがて、国王が口を開く。

「さて……妖精番の娘よ。そなたが妖精の木周辺の手入れを怠《おこた》り、枯らそうとしたことはわかっておる。この罪は許されることではない」

国王の言葉に呼応するように、貴族たちが同意の声を上げた。

「そうです！　我々にとってあの木がどれほど大切なものか！」

「処刑するべきです！」

「いや、魔女として拷問《ごうもん》にかけるべきではないか!?」

「そうだ！　魔女ならば、火あぶりだ！」

騒ぎ立てる貴族たちを眺め、フローラは思わず息をのむ。

いったい何を言っているのだろうか。

彼らは妖精の木のことなど、どうでもよかったのではないか。

そうでなければ、他国から来たばかりの素性《すじょう》も知れぬ娘に、妖精の木の世話を任せるはずがない。妖精番は無能でもできる閑職などと言われていたはずだ。

さすがに妖精の木が枯れた以上、責任を問われるのはわかる。

だが、だからといってここまで大げさに騒ぐものなのか。

おそらく追放、あるいは労働刑あたりだろうと予想していた。しかし、彼らの様子を見ていると、フローラの命を奪うことに躍起《やっき》になっているようだ。

何かがおかしい。フローラは嫌な予感を覚えた。

そっと周囲をうかがえば、空気が淀《よど》んでいて息苦しさを覚える。さらに視界の端々に、いるはずのない黒い影が見え隠れしているような気さえしてくる。

これはまるであの森の奥――悪魔の領域ではないか。

「静粛に」

壇上の王太子が一歩進み出る。彼がよく通る声で告げると、場が水を打ったようになった。

「皆の者、落ち着け。彼女は妖精番となって日が浅く、また未熟だったのだ。今回の件は不幸な事故だったとしか言いようがない」

「殿下、それは甘い考えです！」

「魔女は生かしておいてはなりません！」

「殺すべきです！」

壇上の王太子の言葉に、貴族たちが口々に反対する。

ウィロウも眉根《まゆね》を寄せ、難しい顔をしていた。

その様子を眺め、フローラは胸騒ぎを覚える。

王太子はどういうつもりなのか。フローラを庇《かば》っているようではあったが、彼の正体が悪魔である以上、信用はできない。

「そもそも、妖精番の娘一人に罪を問うのは酷だ。我らにも責任があるのではないか？　妖精の恩恵を忘れ、蔑《ないがし》ろにしてきた報いなのでは？」

周囲に構うことなく、壇上の王太子は言葉を続ける。

その発言に、貴族たちの顔色が変わっていく。

「確かに……そのとおりかもしれない……」

「我々は忘れていたのだろうか……」

ざわめきが広がっていくのを、フローラは呆然《ぼうぜん》と見つめていた。

王太子の言っていることが至極まっとうだからこそ、なおのこと恐ろしい。

いったい何を企《たくら》んでいるのだろうか。フローラは警戒を強める。

「とはいえ、妖精の木を枯らせてしまったことは事実。その罪は償わねばならない。そこで、これからは心を入れ替えて私と婚約者に永遠の忠誠を誓うと宣言すれば、恩赦《おんしゃ》を与えよう」

王太子の提案に、貴族たちは納得したようだ。

「寛大なお心遣い……」

「素晴らしい……」

「さすが、王太子殿下」

感嘆のため息と共に、称賛の言葉が次々と発せられる。

そういうことかと、フローラは理解した。

フローラを魔女に堕《お》として、下僕にしようという魂胆らしい。そういえば、悪魔の領域で見た映像で、フローラには魔女の素質があるので引き込もうと言っていた。

おそらく、永遠の忠誠を誓うと宣言させることで、契約が成立するのだろう。

フローラが名前と身分を奪われたときと同じ要領で、今度は魔女にするつもりのようだ。

そして、魔女となったフローラは、悪魔のために働くことになるのだろう。

王太子の正体を知っているフローラは、それを受け入れることはできない。たとえ口先だけの偽りだったとしても、声に出せば効力を持ってしまう可能性がある。

「私は……」

だが、ここで逃れる方法が思いつかない。

フローラは言葉を詰まらせ、壇上のウィロウを盗み見る。

ウィロウは不満そうな表情を浮かべているが、反対するつもりはないらしい。じっと唇を引き結んで黙っていた。

このままだと、フローラは悪魔の忠実な下僕へと堕ちてしまう。

それだけは避けたかったが、この状況を覆《くつがえ》すことができない。

王太子はフローラの返事を待っているようで、何も言わずに見下ろしてくる。

逃げ道はなく、助けてくれる者もいない。

フローラは絶望的な気持ちになる。

それでも諦めたくはなかった。

まだできることはあるはずだ。フローラは必死に考える。

「そのようなことは許されることではない！　妖精番の務めを果たさなかった者には罰が必要だ！」

ところが、そこに割り込む者がいた。フローラを連行してきた兜の騎士だ。

これまでずっと黙っていた彼が、大声を張り上げる。

その声は兜越しでくぐもっていたが、それでも人々をひれ伏させるような威厳があった。

フローラは驚いて目を見開く。

周囲にはくぐもって聞こえただろうが、すぐ近くにいたフローラには、はっきりと聞き取れていたのだ。

とっさに口を開きそうになるフローラだったが、慌てて口元を押さえてこらえる。

ここで余計なことを口にしてはいけない。

フローラは黙って成り行きを見守ることにする。

兜の騎士の剣幕に押されたのか、それまで騒いでいた人々は口を閉ざす。

沈黙が訪れたのを確認して、兜の騎士はウィロウに視線を向ける。

「この妖精番の娘は、もともとあなたの侍女だったと聞く」

「……それがどうしたというのですか？」

ウィロウは冷めた口調で返す。

「ならば、妖精番の務めをおろそかにした者にはどのような罰がふさわしいか、あなたが宣言するべきだ」

兜の騎士の言葉に、ウィロウは一瞬だけ戸惑った様子を見せる。

しかし、すぐに口元に笑みを浮かべて、フローラを見つめた。その瞳《ひとみ》は憎悪《ぞうお》に染まり、爛々《らんらん》と輝いている。

思わず小さく声を漏らしそうになるのを、フローラはぐっとこらえる。

どうしてウィロウがこれほどの目をするのか、フローラにはわからない。

だが、ウィロウの感情に呼応しているように、周囲の空気が重くなっていくのを感じた。

「……そうですね。妖精番の務めをおろそかにするなど、悪魔と通じていた魔女に違いありません。ならば、まずは魔女としての力を全て取り上げるべきです。それから火あぶりにして、炎で浄化するのがよいでしょう」

恍惚《こうこつ》とした表情でウィロウは告げる。

その提案を聞いて、周囲が静まり返った。

先ほど処刑だと騒いでいた貴族たちすらも、ウィロウの本気の憎悪を感じ取って息をのむ。

無慈悲な宣告を聞いたフローラだったが、不思議なことに心は凪《な》いでいて、恐怖は感じなかった。

ただただ、悲しいだけだ。

誰《だれ》もが押し黙り、壇上の王太子でさえも口を閉ざす中、兜の騎士が我が意を得たりとばかりに頷いた。

まるで彼だけが動くことを許されたかのように、兜の騎士は一歩前に進み出る。その腕がゆっくりと持ち上がっていく。

「それは……そなただ！」

そして、彼はまっすぐにウィロウを指差した。

その瞬間、世界が止まった気がした。

誰も身動き一つせず、息をすることすら忘れたかのように静寂に包まれる。

「え……？」

最初に反応したのはウィロウだった。

彼女は呆然と呟き、自分のことを指差している騎士を見る。

「妖精番の務めをおろそかにした魔女とは、そなたのこと。そして、そなたは自分が受けるべき罰を宣言した！」

兜の騎士の言葉に、ウィロウの顔色が変わる。

彼女の顔からは血の気が引き、その身体《からだ》は小刻みに震えていた。

「そ、そんな……どうしてそれを……!?」

うろたえ、ウィロウはその場に崩れ落ちる。

兜の騎士はそれ以上ウィロウに構うことなく、フローラに向き直った。

「さあ、今こそ呪いを解くとき。あなたの本当の名を宣言するのだ」

優しい声で兜の騎士が促す。

フローラは胸に渦巻く様々な感情を押し殺し、深呼吸をした。

今は余計なことを考えている場合ではない。

せっかく彼が用意してくれた舞台なのだ。ここで失敗すれば、全てが無駄になってしまう。

フローラは覚悟を決めると、ウィロウをまっすぐ見据える。

「私は王女フローラ。あなたは侍女にして、かつて妖精番だった魔女ウィロウ」

そう告げると、フローラを淡い光が包み込む。

フローラは目を閉じた。自分の中に何かが流れ込んでくる感覚。それはフローラの中にあったものを引きずり出し、新たな形へと変えていく。

やがて光は収まり、フローラはゆっくりと瞼を開ける。

「おお……」

「なんと美しい……」

「まるで女神のようだ……」

感嘆の声を上げる人々を見て、フローラは微笑《ほほえ》む。

これまでくすんで地味な娘に見えていたフローラが、本来の姿を取り戻したのだ。

黄金色に輝く髪に、新緑を思わせる鮮やかな緑の瞳。肌は白く滑らかで、まるで陶器のように輝いている。

人々はフローラに見惚《みと》れ、声もなく立ち尽くしていた。

同時に、ウィロウから影のようなものが抜け出し、霧散していく。

はっとして人々が視線を向けると、そこには枯れ果てたような老婆の姿が残されていた。

その姿は、先ほどまで壇上に立っていたはずのウィロウと似ても似つかない。

「なんだあれは！」

「いや、誰だあれは！　あんなくすんだ老婆見たことがないぞ！」

「そんな……輝くような美女だったのに……！」

突然の出来事が続き、周囲の人間は混乱している。

周囲の人々の目には輝かしい美女に映っていたウィロウが、くすんだ老婆になってしまったのだ。そして、くすんで地味だったはずのフローラは鮮やかな美少女になっている。

まるで二人の存在が入れ替わったかのようでもある。動揺しないほうがおかしいだろう。

フローラはぼんやりと、ウィロウから飛び出した何かが消えていくのを眺めていた。

この部屋に渦巻いていた重苦しい空気が、少し軽くなったのを感じる。

「魔女の力に、『宣言』によって相手を縛るものがあるという。よって、そなたは自分で宣言した罰を受けるのだ。かつて満月の夜に逃げ出し、妖精番の務めをおろそかにした魔女。それがそなただ」

兜の騎士は淡々と告げる。

彼の言葉を受けて、ウィロウは愕然《がくぜん》と目を見開いた。

「そんな……こんなことが……」

震える手で顔を覆い、何か呪文らしきものを呟くが、もはや手遅れだ。

何も起こらず、ウィロウは絶望に打ちひしがれる。

おそらく、すでに彼女は魔女の力を失ったのだろう。

「きゃあああぁ！」

さらに、ウィロウがその場で突然、燃え上がった。

絶叫が響き渡り、誰もが唖然《あぜん》として彼女を見つめる。

「熱い！　苦しい！」

悲鳴を上げてのたうち回るウィロウの姿に、フローラは息をのむ。

どうやら先ほど彼女が発した『火あぶりにして炎で浄化する』という宣言が発動してしまったらしい。

「なんてこと……！」

思わず駆け寄ろうとしたフローラだったが、すぐに足を止める。

壇上の王太子がフローラの前に立ち塞《ふさ》がったからだ。

彼はにっこりと笑って両手を広げる。

「おお、よくぞ魔女を見破ってくれた。素晴らしい、さすが本物の王女フローラだ」

「……」

壇上の王太子を見上げて、フローラは黙り込んだ。

あまりにも白々《しらじら》しい態度に、怒りが込み上げてくる。

ウィロウを切り捨てて、まだそんなことを言うのか。元凶のくせに、どの口で言うのか。

フローラは睨《にら》みつけるが、王太子は笑みを崩さない。

「さて、きみはこれから王太子妃として……」

「見苦しい茶番はよせ」

王太子の言葉を遮るように、低い声が響いた。

声の主は、いつの間にか壇上に上がっていた兜の騎士だ。

彼は王太子を冷ややかに眺め、腰に差した剣の柄《つか》に手をかける。

「貴様……！　何のつもりだ！　無礼者め！　近衛《このえ》兵！　この者を捕えろ！　不敬罪で処罰しろ！」

近衛兵たちが命令に従い、動き出そうとしたとき、兜の騎士は己の兜を外して投げ捨てた。

露《あら》わになったその素顔に、人々は驚きの声を上げる。

動きかけた近衛兵たちですらも、呆然と動きを止めてしまった。

「アドルファス王太子殿下……!?」

「そんな……殿下が二人……!?」

銀色の髪に琥珀《こはく》色の瞳を持つ美丈夫《びじょうふ》がそこにはいた。彼は堂々と胸を張って立っている。

兜の騎士の正体は、アドルファスだったのだ。

やはりそうだったのかと、フローラは胸の前でぎゅっと手を握りしめる。

彼はフローラを助ける方法を見つけ出し、ずっとそばにいてくれたのだ。こんなときではあったが、嬉《うれ》しさに涙が出そうになる。

「この偽物め！」

アドルファスは剣を抜き、王太子の姿をした悪魔に斬りかかる。

かわされそうになったが、ほんのわずかに掠《かす》めた刃が、悪魔の頬に傷をつけた。

その途端、これまで端整なアドルファスの顔をしていたものが、どろりと崩れてのっぺりとした無機質なものに変わる。

その醜悪な姿に、人々は嫌悪の声を上げた。

そして、どちらが本物の王太子アドルファスなのかも明白になった。

「父上を安全なところへ！　早く！」

アドルファスは大きな声で命令を下す。

その声に弾《はじ》かれたように、近衛兵たちが動き出した。彼らは壇上の国王を取り囲んで守りながら連れて行く。

「おのれ……！　よくも私の顔に傷をつけてくれたな……！」

「お前のような悪魔には、その顔のほうが似合っている。鏡を見たらどうだ？」

「言わせておけば……！」

激昂《げっこう》した悪魔は、アドルファスに向かって黒い炎を投げつける。

しかし、アドルファスはそれを剣で薙《な》ぎ払った。

「ちっ……ならばこれでどうだ……！」

悪魔は再び炎を生み出すと、今度はそれをアドルファスではなく、フローラに向けて放つ。

「きゃあ！」

フローラは反射的に目を閉じる。

だが、予想した熱さは訪れず、代わりに金属がぶつかる音が聞こえてきた。

おそるおそるフローラが目を開くと、目の前にアドルファスの姿がある。

彼の手に握られた細身の長剣が、淡い光を放っていた。

素早く駆けつけ、フローラを守ってくれたのだ。

「ララ嬢、大丈夫か？　怪我《けが》はないか？」

「はい……ありがとうございます」

フローラが礼を言うと、アドルファスは優しく微笑んだ。

「よかった。では、下がっていてくれ。ここは俺に任せてほしい。きみは俺が守る！」

「はい」

素直に頷き、フローラは彼の邪魔にならないよう後ろに下がる。

すると、誰かがフローラに駆け寄ってきた。

「ララ嬢！　いや、フローラさま……？　えっと、とにかくもっと離れてください！　危ないですよ！」

「ダレンさま」

焦《あせ》った様子で声をかけてきたのは、ダレンだった。

彼はフローラを誘導して、壁際へと連れて行く。

「わ、私は大丈夫です。それより、ドルフさまを……」

言いかけたところで、フローラの近くに破片が飛んでくる。

それをダレンが剣で叩《たた》き落としてくれた。

「ここも絶対に安全とは言えません。俺が殿下に加勢したところで、足手まといにしかならないから邪魔だ、それよりも愛《いと》しいフローラさまを守れと言われますよ」

「そ、それは……でも……ドルフさまはたった一人で、悪魔と……」

「大丈夫ですよ。殿下はとてもお強い方ですから」

そう言って、ダレンは壇上で戦うアドルファスに目を向ける。

彼は襲い来る黒い炎を次々と斬り伏せていく。その動きには一切無駄がなく、まるで剣舞を踊っているかのような美しさがあった。

「すごい……」

思わずフローラが呟くと、ダレンが誇らしげに微笑む。

「そうでしょう？　でも、まだまだ本気を出していないと思いますよ」

ダレンが言ったとおり、アドルファスの動きには余裕があった。

彼はわざと悪魔に隙《すき》を見せては攻撃を誘い、ひらりとかわして反撃している。それはまるで舞っているかのように軽やかだ。

「おのれ、こざかしい奴め！」

苛立《いらだ》った悪魔は、さらに多くの炎を生み出して放つ。

「甘い！」

しかし、アドルファスに届く前にそれらは全て斬り裂かれてしまった。

彼の持つ剣から淡い光が放たれ、それが刃となっているようだ。彼は光の剣で次々に炎を消滅させていく。

フローラは息をするのも忘れて魅入《みい》っていた。

その圧倒的な強さに、心が震える。こんなにも華麗に戦う人間を、フローラは他《ほか》に知らない。

戦いの中で揺れる銀色の髪が、炎の明かりで輝いている。それがとても幻想的で美しく、目を逸《そ》らすことができなかった。

「く……ならばこれでどうだ！」

悪魔は黒い炎を凝縮させて、巨大な炎の塊を作り出す。

その大きさは、人間一人くらい簡単にのみ込めそうなほどだ。

禍々《まがまが》しく、見ただけで背筋が凍るようなおぞましさがあった。

こんなものをぶつけられれば、アドルファスはひとたまりもないだろう。

「ドルフさま！」

フローラは思わず声を上げる。

すると、アドルファスと目が合った。彼は心配いらないというように小さく頷き、その口元には笑みすら浮かべてみせた。

アドルファスはその場を動くことなく、ただ剣を構えて悪魔を見据える。

「愚か者め！　燃え尽きてしまえ！」

勝ち誇ったように叫びながら、悪魔は巨大な炎の塊を放った。

それはまっすぐにアドルファスに向かって飛んでいく。

「ドルフさま！」

フローラの悲鳴のような声が響いた。

誰もが、アドルファスが炎にのみ込まれると思ったときだった。

アドルファスの剣が、一際《ひときわ》強く輝きを放つ。

「はあっ！」

気合いの声と共に、アドルファスは剣を振り抜いた。

すると、光で形作られた斬撃が悪魔に向かって放たれる。

それは巨大な炎の塊とぶつかり、激しい衝撃が走った。

「ぐああ!?」

苦悶《くもん》の声を上げたのは、悪魔のほうだった。

巨大な炎の勢いが弱まり、その隙を逃《のが》さずアドルファスが距離を詰める。そして一気に踏み込むと、鋭い突きを放った。

「ぐあああ！」

悲鳴と共に、悪魔が崩れ落ちる。

アドルファスの剣は悪魔の胸を貫いていた。

「おのれ……」

苦しげに呟き、悪魔は憎しみを込めた目でアドルファスを見上げる。

しかし、その表情はすぐに驚愕《きょうがく》に変わった。

「な、なんだこれは⁉　体が崩れていく⁉」

悪魔は自分の体を見下ろして、信じられないというように叫ぶ。

まるで砂でできていたかのように、体が端《はし》からさらさらと崩れていった。

「どういうことだ⁉　この体がこうも簡単に壊れるなど……！」

「俺の剣は妖精の祝福を受けたもの。悪《あ》しき力を打ち砕くのだ」

アドルファスが静かに答えると、悪魔は悔しそうに歯ぎしりをする。

崩れゆく体から、黒い霧のようなものが噴き出していった。

「おのれ……ならば、せめて……」

憎悪に満ちた声で呟くと、霧となった悪魔は一直線にフローラに向かっていく。

霧状の悪魔は目にも留まらぬ速さで、誰も反応できなかった。

「お前を道連れにしてくれる……！」

「きゃあああっ！」

悲鳴を上げるフローラの身体を、霧は包み込んでいく。

それと同時に、フローラの意識も深い闇の中へと引きずり込まれていくのだった。


気がつくと、フローラは真っ暗な闇の中にいた。

周囲は何も見えないのに、自分の姿だけははっきりと見える。不思議な空間だった。

「ここは……?」

フローラが戸惑っていると、どこからか声が聞こえてきた。

「ここはお前の心の中だ」

声のしたほうを見ると、そこには黒い霧のようなものが渦巻いていた。

それが何なのか、フローラには一瞬でわかった。これが悪魔なのだと。

しかし、先ほどのような悪意に満ちた気配《けはい》は感じられない。むしろ、どこか悲しげな雰囲気を漂わせているように思えた。

「あなたは、悪魔……なの?」

「……そのとおりだ」

黒い霧は揺らめきながら答えた。

「私はお前から生まれた悪魔。お前の負の感情が、私を作り上げたのだ」

「私の……?」

「そうだ。お前だって気づいているのだろう? お前が王女としての義務を拒んできたことは」

黒い霧が語る言葉に、フローラは力なく頷く。

それはフローラが認めたくなかった事実だ。

「王女の務めを果たさず、侍女を身代わりにして結婚から逃げ出したのだ。誰にも愛されず、誰からも顧みられない人生だったはずだ」

「やめて……」

耳を塞ぎたくなる衝動をこらえながら、フローラは首を横に振る。

しかし、声は容赦なく聞こえてくる。

「そもそも、お前に生きる価値などなかった」

「やめて……聞きたくない……」

弱々しく呟くが、黒い霧の言葉は止まらない。

「お前は、誰にも愛されず、誰からも求められない運命だったのだ。それが、お前の魂の在り方なのだ」

いっそ優しいと言えるほどの声で囁かれる言葉が、フローラの心に突き刺さる。

そんなはずはないと言いたかったが、何も言えなかった。

王女として生まれ、政略結婚用の道具として育てられながらも、そこから逃げ出した。

それは事実だ。認めたくはないが、否定もできない。

「お前は誰にも愛されないし、求められることもないのだ」

黒い霧は繰り返し告げる。

それが真実だと、フローラの心に直接刻み込むかのように。

「だが、そんなお前にも生きる価値があったことが証明された」

黒い霧の言葉に、フローラはびくりと身をすくませた。

「お前には魔法の素質がある。王女としては意味のない素質だが、魔女としてはこの上ない才能だ」

「そんなの……」

聞きたくないと再び訴えようとするが、黒い霧は有無《うむ》を言わせず続ける。

「お前は、私という悪魔を生み出した。それは、魔女としての素質があったからだ」

「違う……私は……」

弱々しく呟くが、黒い霧は容赦しない。

「お前の魂は、私を生み出した。ならば、お前は魔女になるしかない」

「いやよ……そんなの……」

フローラの拒絶など気にも留めず、黒い霧はさらに言葉を続ける。

「さあ、目覚めるのだ。そして、私の力を振るうがよい。お前が本当に欲しいものを得るために」

「私は……そんなことを望んでいない！」

フローラは必死に抵抗するが、黒い霧は逃さない。

「いいや、望んでいるのだ。わかっているはずだ」

黒い霧がフローラに近づき、包み込むように迫ってくる。

「お前は愛されたかったのだろう？　誰かに必要とされてみたかったのだろう？　たとえば、お前の想う王太子に」

アドルファスのことを持ち出され、フローラははっとする。

彼の優しい笑顔が、温かい声が、脳裏をよぎった。その瞬間、泥沼に沈みこんでいくようだった心に変化が起きる。

「お前が力を受け入れれば、あの王太子を手に入れることができるぞ。その身も心も、お前のものだ」

悪魔の甘い誘惑の言葉が、かえってフローラの心を冷え切らせていく。

これまでフローラを苛《さいな》んでいた迷いが、急速に薄れていった。

「そんな力、いらないわ」

きっぱりと言い放つと、黒い霧が動揺したように揺らめいた。

「なぜだ？　お前はあの男を愛しているのではないのか？」

悪魔の言葉に、フローラはにっこりと笑った。

「ええ、愛しているわ。そして、あの方も私を愛してくださっている。だから、力なんて必要ないのよ」

「そんなはずはない！　あの男はお前のことなど愛していない！」

悪魔が叫ぶが、フローラは動じない。

「いいえ、愛してくださっているわ」

「嘘《うそ》だ！　そんなはずはない！」

「いいえ、本当よ」

フローラは確信を持って答える。

「あの方が私のことを本当に想ってくださっていることは、私が一番よく知っているもの」

それは絶対の自信だった。

フローラはアドルファスが自分に向ける眼差しを知っている。彼がフローラを大切にしてくれていることを、その行動の一つ一つが物語っている。

「それに、たとえあの方が私のことを愛してくださらなくても、私があの方を愛しているという事実は変わらない。それだけで十分よ」

いっときは思い悩み、自らの気持ちを否定しようとした。だが、もう迷わない。

この想いは本物だと、胸を張って言える。

「馬鹿《ばか》な……」

信じられないといったように、黒い霧が揺れる。

そんな相手に、フローラは優しく語りかけた。

「ねぇ、悪魔さん。さっきの言葉も嘘でしょう？　あなたは私から生まれたわけじゃない。私を唆して、引き込もうとしているのね。きっと、ウィロウのこともこうして魔女に堕としたのでしょう？」

「違う！　お前の心から生まれたのだ！」

悲鳴のような声を上げ、黒い霧がフローラにすがりつく。

それを払い除けながら、フローラは続けた。

「確かに、私は王女の義務から逃げ出したわ。でも、もう逃げない。ずっと下を向いて立ち止まるより、前を向いて償っていくと決めたの」

「なんだと……」

呻《うめ》くような呟きと共に、黒い霧が揺らめく。

「私は、私を必要としてくれる人と共に歩んでいくわ。ドルフさまや妖精のため、この国のために、できることがあるはずだもの」

フローラははっきりと告げる。

迷いのない言葉に、黒い霧が怯《ひる》んだように震えた。

「なぜだ……。なぜ、抗《あらが》える……？　どうやって、そんなことが……」

黒い霧は怯えるように後ずさった。

だが、フローラは追い詰めるように見据える。

「それはね」

そう言って、にっこりと微笑むと、フローラは自分の胸に両手を当てた。

そして、その奥にある想いを言葉にする。

「私が、ドルフさまを愛しているからよ」

その言葉を最後に、フローラの意識は現実へと戻っていくのだった。


「……ん」

フローラが目を覚ますと、アドルファスが駆けつけてくるところだった。

彼は、ダレンを押しのけるようにしてフローラを片手で抱き寄せると、もう一方の手で剣を構える。

その視線の先には、真っ黒な霧のようなものがあった。フローラを包み込んだ霧が、離れていったらしい。

どうやらフローラが意識を失っていたのは、ほんのわずかな間のことだったようだ。

「大丈夫か!?」

「え、ええ……」

まだぼんやりとした頭で、フローラは頷いてみせる。

ほっとしたように息を吐くと、アドルファスは黒い霧に向かって剣を突きつけた。

「消えろ、悪魔め！」

「ぐあぁっ……！」

アドルファスの一刀により、霧はたちまち消滅していく。

「おのれ……！　だが、私を呼んだのはその燃えている魔女だ！　そやつが自分の欲望のため、私を呼んだのが悪いのだからな……！　私はただ、そやつの願いに応《こた》えただけだ！　元凶はそやつだ……！」

呪いの言葉を残し、悪魔は完全に消え去った。後には壊れた人形が転がるだけだ。

フローラは呆然としていたが、我に返って周囲を見回す。

悪魔が消えたことで、安堵《あんど》と歓喜が入り交じった声が上がる。

「やったぞ！　悪魔を倒したぞ！」

「俺たちの勝利だ！」

「万歳！　王太子殿下ばんざーい！」

喜び合う人々の中で、フローラはただ一人、複雑な表情を浮かべていた。

彼らの声が軽薄なものに聞こえて、心がざわつく。

アドルファスはフローラを守るように抱きしめたまま、壇上へと視線を向ける。

そこには、未《いま》だ燃え続けるウィロウの姿がある。彼女を包む炎は白く輝き、悪魔を倒してもまだ弱まることがない。

「魔女め！　よくも我らに災いをもたらしたな！」

「呪われろ！　悪魔を呼ぶなど恥を知れ！」

「ははは！　炎で苦しむのがお似合いだ！　ざまあみろ！」

人々が口々にウィロウを罵《のの》る。

ウィロウは炎に包まれ、のたうち回っている。

悪魔の最後の言葉によって、ウィロウに全ての非難が向けられたのだ。

「そんな……」

それらの声を耳にして、フローラは呆然と呟く。

ウィロウはこれまでフローラのことを騙し、利用して、さらには命すら奪おうとしてきた。

彼女が今、炎に焼かれているのは自業自得だ。本当はその仕打ちを、フローラに与えようとしたのが彼女自身なのだから。

だが、それでもフローラの脳裏に浮かぶのは、カーライル王国で孤独だった日々を慰めてくれたウィロウの姿だ。

他愛《たあい》もない話で笑い合った、あの時間は嘘ではなかったはずだ。

たった一年程度だったと、今ではわかっている。しかし、それまでの十数年よりも、あの一年がフローラにとってかけがえのないものだったのは、紛れもない事実だ。

たとえウィロウが利用しようとしていたにしても、全てが演技だったとは思えない。

むしろ、彼女にとっては偽りだったはずの穏やかな日々の中に、真の望みがあったのではないだろうか。

だからこそ、フローラのことが妬《ねた》ましく、許せなかったのではないだろうか。

本当に悪いのは悪魔だ。ウィロウは、ただ利用されただけにすぎない。

「魔女め！　苦しんで死ね！」

「そうだ！　炎に焼かれて死んでしまえ！」

人々の罵声《ばせい》は止《や》まない。ウィロウが苦しむ姿に、愉悦の声を上げている。

本来は、ウィロウだって悪魔に捕まってしまった被害者なのだ。

しかし、悪魔は最後まで醜くあがき、狡猾《こうかつ》にも彼女に罪をなすりつけようとした。

それに踊らされる人々に、無責任にウィロウを責め立てる人々に、フローラは激しい怒りが込み上げてくる。

「やめなさい！」

人々の罵声を遮って、フローラは叫ぶ。

その途端、ぴたりと罵り声が止んだ。人々は困惑の表情を浮かべて、一斉《いっせい》にフローラへと視線を向ける。

「悪魔の言葉に騙されてはなりません！　彼女は確かに混乱をもたらしました。しかし、同時に被害者でもあるのです！」

フローラはアドルファスの腕から抜け出すと、ウィロウに駆け寄る。

「彼女はささやかな欲望を悪魔に利用されただけ。……私だって、目の前に示された楽な道に逃げたことがあります。これまで一度も、些細《ささい》な誘惑にすら負けたことのない者が、この世にどれほどいるのでしょうか」

そう言ってフローラが周囲を見回すと、人々は気まずそうな顔をした。

かつてウィロウは妖精番として、妖精の庭に閉じ込められていた。しかし、祭りに行きたくて森を通って抜け出そうとしたところを、悪魔に捕まってしまったのだ。

妖精が消えるときに流れ込んできた記憶で、フローラはそのことを知った。

そして、小屋にあった最も新しい日記を書いたのが、ウィロウだったと気づいたのだ。

その日記からは、普段は妖精番の仕事をきちんとこなしていたことがうかがえた。

祭りのために抜け出したのは確かによくないことではあるが、それくらいの欲を持つのはよくあることだろう。

まして、閉じ込められていたのだ。祭りの日くらいはと、抜け出したくなるのも無理はない。

それが、これほど苦しまねばならないほどの罪だろうか。

フローラには、とてもそうは思えない。

胸を刺す痛みを覚えながら、フローラは床を這《は》うウィロウに近づき、燃える身体に手を差し伸べる。

すると、それまで激しく燃え盛っていた炎が、弱まっていく。

「フローラさま……どうして……」

呆然と見上げるウィロウに、フローラは微笑みかける。

「もういいわ。あなたは十分に罰を受けたわ」

「そんな……私はフローラさまを騙して……妬み……憎しみを向けて……」

掠《かす》れた声で呟くウィロウに、フローラは首を横に振った。

「でも、あなたは私を妖精番にしてくれたわ。殺すこともできたでしょう。それをしなかったのは、あなたに良心が残っていたからよ。きっと、あなたも心の底で助けを求めていたの。だから、本来の姿を思い出して」

そう告げると、フローラは祈り始めた。

ウィロウが先ほどまで向けていた憎悪は消え失せ、今は瞳も澄んでいるように見える。もしかしたら、浄化の炎が悪魔の影響を清めたのだろうか。

あと少しで彼女を助けられるかもしれない。

すでに妖精は消えてしまったが、まだ優しい気配が残っている。もう一度だけ力を貸してくれないかと、心の中で呼びかける。

「そんな……私は……」

ウィロウの目から涙が溢れた。

その瞬間、ウィロウの頭上から光が降り注ぐ。その光がウィロウの身体を包み込んだかと思うと、炎が完全に掻《か》き消された。

「これは……」

フローラは驚いて目を瞬《また》かせる。

光の中心にいたのは、色あせた花冠《はなかんむり》を載せた白い毛玉だった。

白い毛玉は宙に浮いたまま、ふわりと揺れる。

「ああ……！　そんな、まさか……！　こんなことが……！」

ウィロウは目を大きく見開くと、よろめきながらも立ち上がる。

その視線の先には、色あせた花冠があった。ウィロウはしわだらけの手を震わせながら、おそるおそる花冠に伸ばしていく。

指先が触れると、ウィロウの目に新たな涙が浮かぶ。

「あのとき、私が作った花冠……!?　そんな……気まぐれで作っただけだったのに……こんな、こんなにずっと……？」

ウィロウは信じられないというように呟く。

その瞳からは、後から後から大粒の涙がこぼれ落ちる。

「ごめんなさい、ごめんなさい……！　あなたを残していなくなって……。寂《さび》しかったよね？　つらかったよね？　ごめんね……」

ウィロウはその場に崩れ落ち、泣きじゃくる。

その身体は震え、しゃくり上げるたびに、背中が何度も上下する。

すると、白い毛玉はそっと寄り添うように、ウィロウの顔に近づく。

白い柔らかな体はふわふわと浮かんだまま、ウィロウの首の周りをくるりと回る。まるで、彼女を慰めるように。

「ああ……ありがとう……！」

ウィロウは嗚咽《おえつ》を漏らしながら、白い毛玉の小さな体を抱きしめる。

すると、淡い光を放ちながら、老婆だったウィロウの姿がみるみると若返っていく。

「あ……！」

思わず声を上げたフローラの前で、ウィロウの姿は完全に少女へと変わる。

その姿は、妖精が見せてくれた記憶にあった、妖精番の娘そのものだった。侍女だったときのウィロウよりも少し幼く、まだあどけなさが残っている。

「……あれが本当の彼女なのね」

フローラはそっと呟く。

そして、ウィロウと白い毛玉が輝き始め、やがて二人は溶け合って一つの光になった。

まばゆい光の塊は、ゆっくりとフローラの頭に舞い降りる。

『ごめんなさい……ありがとう』

優しい声が聞こえたかと思うと、光は天窓に向かって飛び立つ。

そして、そこから空の彼方《かなた》へと消えていった。

天窓から差し込む陽光が、謁見の間を柔らかく照らし出す。

暗く淀んでいた空気はどこかに消え去り、今は清々《すがすが》しい空気が満ちている。

その場にいた人々は、声もなくその光景を見つめていた。

「終わったようだな」

いつの間にかそばにいたアドルファスが、フローラの肩を抱く。

「ええ……」

ウィロウの魂は悪魔から解放され、救われた。

これでよかったのだと、フローラは思う。しかし、同時に寂しさも感じていた。

もう二度と会えないのだと思うと、胸にぽっかり穴が空いたような気持ちになる。

そんなフローラの心情を察したのか、アドルファスは何も言わず、細い肩を抱く手に力を込めた。

終章

王女という本来の身分と名前を取り戻したフローラは、王太子アドルファスの婚約者として、改めて宮廷に迎え入れられることとなった。

全《すべ》ての元凶である悪魔を倒したのがアドルファスとフローラだと公表され、二人は国を救った英雄となったのだ。

魔女にすら慈悲を見せ、救ったフローラは、妖精に祝福された聖女だと称《たた》えられる。

そんな聖女が王太子の妃《きさき》になるのだ。二人の婚約は国中から歓迎された。

そして、ようやく騒ぎが落ち着いてきて、フローラはアドルファスと共に、彼の部屋でお茶を楽しんでいた。

「おめでとうございます。殿下、フローラさま。想《おも》い合っての婚約、本当に喜ばしいことです」

「ああ、お前もご苦労だったな」

にこにことしたダレンに、アドルファスは鷹揚《おうよう》に応《こた》える。

フローラも頬《ほお》を染めて微笑《ほほえ》んだ。

「ありがとうございます。これも皆さまのおかげですわ」

「いえいえ、殿下とフローラさまの愛の力ですよ！」

「まあ……」

「そうだな……確かに愛の力だな」

恥ずかしそうにはにかむフローラを見て、アドルファスもまんざらでもない様子だ。

「それにしても、フローラさまは本当に可憐《かれん》で愛らしいお方ですね。あんなに地味に見えていたのは、魔女の呪《のろ》いだったんでしょうね。殿下が夢中になるのもわかりますよ」

「ふん、フローラが可憐で愛らしいのは当然だが、それだけではない。フローラは優しく、芯が強くて聡明《そうめい》だ。悪魔の幻術に打ち勝つほどの勇気もある。俺《おれ》にはもったいないくらいの素晴らしい女性だ」

「はいはい、そうですか」

アドルファスがのろけると、ダレンは苦笑する。

そんな二人を、フローラは恥ずかしくなりながらも微笑ましく見守っていた。

「ところで、妖精は本当にいたんですね。あの場にいた連中も目の当たりにして、驚いていましたよ。いや、よく考えたら妖精の加護を受けた国と言いながら、妖精の存在を信じていないことのほうがおかしいんですけれど」

「ああ、そうだな……」

　ダレンの言葉を聞いて、アドルファスは難しい顔をして考え込む。

「どうかなさいましたか？」

「いや、おそらくかなり前から悪魔の影響が出ていたのだろうと思ってな。妖精の力を削《そ》ぎ落とすよう、妖精番のするべきことも変えられていたようだ。フローラがいなければ、悪魔に国を乗っ取られていたかもしれない」

「まあ……そうなのですね」

　フローラは驚いたものの、ややあって納得して小さく頷《うなず》いた。

　捧《ささ》げ物をしないことで力を弱めるだけではなく、妖精の木の新芽を摘み取っていたのだ。

　そうやって少しずつ力を削り取り、最後には妖精の存在を完全に抹消しようとしていたのだろう。

「ですが、結果的に悪魔は倒されたのですから、よかったではありませんか」

「ああ、そうだな」

　ダレンの言葉に、アドルファスは満足げに笑う。

「今回の件で、色々と見直すべきことは出てくるだろう。だが、我が国には妖精たちの加護がある。必ずよい方向へと変えていけるはずだ」

「ええ、そのとおりですわ」

　力強く言い切るアドルファスを見て、フローラも笑みを浮かべた。

「それでは、そろそろ部屋に戻ろうと思いますわ」

「ああ、そのことなんだが、フローラ……」

立ち上がろうとするフローラへ、アドルファスは少し緊張した面持《おもも》ちで声をかける。

「はい、なんでしょう？」

フローラが首を傾《かし》げると、アドルファスは深呼吸してから告げる。

「これまでの客間ではなく、王太子妃の部屋を用意したんだ。今日からそちらで過ごしてくれないか？」

「……え？」

予想外の言葉に、フローラは目を丸くする。

アドルファスは照れくさそうにしながらも続けた。

「本当はもっと早くそうしたかったんだが、準備に時間がかかってしまってな。でも、ようやく整ったんだ。だから……」

「慣例としては、妃の部屋は正式な結婚後に使うんですけれどね。殿下がフローラさまと少しでも一緒に過ごしたいと、無理を通してしまったんですよ」

「ダレン！　余計なことは言わなくていい！」

アドルファスは慌ててダレンを止める。

フローラはびっくりしたものの、嬉《うれ》しくてすぐに微笑み返した。

「はい、わかりました。これからはそちらでお世話になりますわ」

「そうか、よかった」

ほっとしたように息をつくと、アドルファスはフローラの手を取って立ち上がらせる。

そして、そのまま手を引いて歩き出した。

「では、案内しよう」

「はい」

アドルファスとフローラはダレンに見送られながら、仲よく手を繋《つな》いで部屋を出ていく。

そして廊下を歩いて行くが、思ったよりも距離があった。廊下をぐるりと回って、反対側まで来てしまったのだ。

今までの客間よりは十分に近いが、隣あたりの部屋を想像していたフローラは、思わずアドルファスを見上げる。

すると、アドルファスは視線に気づいてくすりと笑った。

「さあ、ここだ」

「まあ……」

そこは庭に面したテラス付きの広い居室だった。

大きな窓からは明るい日差しが入ってきており、手入れされた花々が咲き誇っている。

壁紙も家具も落ち着いた色合いで統一されており、部屋の中央には美しい装飾の施されたテーブルが置かれていた。

「素敵ですわ……こんな素晴らしいお部屋を用意してくださって、ありがとうございます」

「喜んでもらえて嬉しいよ。ララが過ごしやすいように、侍女たちも配置してある。何かあれば遠慮なく言ってくれ」

「はい」

フローラは満面の笑みを浮かべて返事をする。今は二人きりなので呼び方も『ララ』になっていて、少しくすぐったい。

アドルファスはそんなフローラを見て微笑むと、彼女の背中に手を添えて促す。

「それと、奥の扉だが……俺の部屋と繋がっているんだ。いつでも会いに来てくれて構わないからな」

「まあ、そうなのですか？　それなら、今度からはこちらから参りますね」

だから反対側だったのかと納得しつつ、フローラは笑顔で答えた。

妖精の庭の小屋にいた頃《ころ》は、アドルファスの訪れをいつも待っていた。

しかし、今度はフローラからも会いに行けるのだ。

そう思うと、フローラの心は躍った。

「ああ、待っている」

アドルファスは微笑むと、フローラの腰を抱いて引き寄せる。

「……夜も、俺の部屋に来てくれると嬉しい」

耳元で囁《ささや》かれた甘い誘いに、フローラは胸の鼓動が跳ね上がるのを感じた。

「えっ……!?」

「それとも、俺から訪れようか？」

驚いて真っ赤になるフローラを、アドルファスは悪戯《いたずら》っぽく覗《のぞ》き込む。

その顔には、余裕のある大人《おとな》の男の笑みが浮かんでいた。

「あ、あの、あの……」

フローラは混乱して口をぱくぱくさせる。

心臓は早鐘のように鳴り響き、頭もくらくらしてきた。

「そ、それよりも！　妖精の庭に行きませんか!?　いつも行ってはいますけれど、えっと、その……と、とにかく一緒に行きたいんです！」

なんとか平静を取り繕おうとしたが、動揺を隠しきれずつっかえてしまう。

アドルファスは一瞬きょとんとしてから、おかしそうに吹き出す。

「わかった。行こうか」

アドルファスは笑いながらフローラの頬に触れる。

「そんなに慌てるなんて、可愛《かわい》いな」

「もう……からかわないでください」

フローラは恥ずかしくて、つい拗《す》ねたような口調になってしまう。

「本心なのにな」

アドルファスは苦笑して呟《つぶや》くと、フローラの額に口づける。

それからフローラの髪を撫《な》でると、もう一度ぎゅっと抱きしめてから解放した。

フローラはほっとすると同時に、名残《なごり》惜しい気持ちも感じてしまう。

「では、行くか」

「はい」

アドルファスが差し出す手を取ると、フローラは笑顔で応える。

二人で並んで歩くと、アドルファスはフローラの歩幅に合わせてゆっくり歩いてくれる。

それが嬉しくて、フローラは隣を見上げて微笑んだ。

「どうかしたか？」

「いいえ、なんでもありませんわ」

不思議そうにするアドルファスに、フローラは首を横に振って答える。

そして二人は手を繋いだまま、妖精の庭へと向かっていった。

フローラとアドルファスは二人、寄り添いながら妖精の庭を歩いていた。

木漏《こも》れ日《び》を浴びながら、妖精の木があった場所を目指してゆっくりと進む。

「ここできみと会ったのが、もうずいぶん前のように感じられるな」

アドルファスが懐かしそうに目を細めて呟く。

「ええ、本当に……」

フローラも思わず口元をほころばせる。

互いに互いが本当の婚約者であることを知らないまま惹《ひ》かれ合い、思い悩んだことも、今や懐かしい。

「きみは、俺のことを冷酷非情な性格で、さらに何人もの妾《めかけ》を囲っているような男だと思っていたそうだな」

「あ、あれは！　その……」

「はは、そう唆《そそのか》されたのだろう？　まあ、戦場に出ていたのは事実だし、前半部分は言われても仕方がないところはある。だが、俺はきみ一筋だ」

そう言って、アドルファスはフローラの手を強く握った。

「……知っていますわ」

恥ずかしくなって、フローラは俯《うつむ》く。

「知っているならいい」

アドルファスは満足げに微笑んだ。

「回り道をしたが、こうしてきみは俺の腕の中にいる。それだけで十分だ」

「ドルフさま……」

幸せそうに微笑むアドルファスを見て、フローラも嬉しくなる。

「それに、きみは己の責務から逃げたと悔いているようだったが、それは違う」

「……どういうことですか？」

アドルファスの言葉の意味がわからなくて、フローラは問いかける。

するとアドルファスは、真剣な表情になって話し始めた。

「きみが逃げて妖精番になったからこそ、今の結果があるんだ。国は悪魔から守られ、哀れな魔女も救われた。最高の結末を迎えられたのは、きみのおかげだよ」

「私のおかげですか……？」

「ああ、そうだ。きみは妖精番として精いっぱい務めを果たしてくれた。逃げたことすら、最善の選択だったんだよ」

「……ありがとうございます」

フローラは涙ぐみそうになるが、ぐっとこらえて微笑む。

アドルファスの優しさが胸に染《し》みて、嬉しかった。

「それに何より、そこで俺と出会ってくれた。互いに何も知らないまま、惹かれ合ったんだ。あのときの出会いがなければ、今の俺たちはいない」

「……そうですね」

フローラはしみじみと呟く。

そう考えると、運命の導きに感謝したい気分だった。

「義務感ではなく、心の底から愛《いと》しいと思う女性と出会えた。そして、これからもずっと一緒にいられる。これほど幸せなことはないよ」

アドルファスは熱のこもった眼差《まなざ》しでフローラを見つめ、優しく語りかける。

フローラは胸がいっぱいになり、何も言えずに見返すことしかできなかった。

「本当に夢のようだよ。正式な婚約者として、こうしてきみに触れられるのだから」

そう言いながら、アドルファスはフローラの頬を撫でた。

それだけで、頬が熱くなってしまう。

「あ……」

「ん？　どうした？」

アドルファスは首を傾げると、フローラの顔を覗き込む。

「いえ、あの、その……妖精番は、これからどうなるのでしょう？」

恥ずかしさを隠すために、フローラは話題を変えることにした。

「そうだな……悪魔が言っていたことにも、一つだけ納得できることがあってな。妖精番一人ではなく、我らにも責任があるという言葉だ。妖精の恩恵を忘れ、蔑《ないがし》ろにしてきた報いなのだ、とはそのとおりだろう」

「では、妖精番の制度や風習はなくなるのでしょうか？」

フローラが問いかけると、アドルファスは困ったように眉《まゆ》を寄せた。

「いや、それはこれからの課題だな。ただ、妖精番一人に全てを押しつけるやり方は、改善すべきだ。また、悪魔や魔女など、危険なものを遠ざける対策もしなければならないだろう」

「そうですね……。妖精の庭も、もっと大切にしていかなくてはなりません」

妖精の庭で過ごすようになってから、フローラは日を追うごとに頭がすっきりとしていった。もしかしたら、妖精の力で魔女の呪いが浄化されていったのかもしれない。

思えば、謁見《えっけん》の間での裁きのとき、貴族たちは攻撃的で単純だった。それは、悪魔の力の影響を受けたからかもしれない。

そう考えると、妖精の力や存在は、想像以上に大きなもののように思えた。

フローラは、ウィロウと白い毛玉が消えていった空を見上げる。

ウィロウは悪魔に操られながらも、妖精番としての心を完全には忘れていなかったのだろう。

だからこそ、フローラを妖精番にしたのではないだろうか。

妖精の木が枯れたときに責任を押しつけるためという、悪魔の意に沿う形で動きながら、心のどこかでは一縷《いちる》の望みをかけていたのかもしれない。

「……ウィロウは、最期《さいご》に妖精番としての誇りを取り戻したのね」

「そうだな。あの妖精も、きっと彼女のことをずっと待っていたのだろう」

あの白い毛玉がずっと手放さなかった色あせた花冠《はなかんむり》は、ウィロウが作ったものだった。

「妖精さんも、ウィロウを救いたかったのでしょうね。望みが叶《かな》って本当によかった……」

ウィロウと共に消えてしまった妖精のことを思い、フローラはそっと手を胸の前で組む。

もう二度と会えないのは悲しいが、きっと、あの妖精は幸せになれただろう。

「あの妖精は、きっときみのことを祝福してくれているよ」

そう言って、アドルファスはフローラの肩を抱く手に力を込める。

「……ええ、私もそう思いますわ」

二人の視線の先には、美しい花々が咲く花畑が広がっている。その花畑の向こうで、いくつかの若木が風に揺れていた。フローラが守った新芽の成長した姿だ。

幸いにして、妖精の木が倒れたときも、若木たちは無事だった。

妖精の木が悪魔の領域に向かって倒れたのは、最後まで皆を守ろうとしたからかもしれない。

倒れた妖精の木はあっという間に枯れて土に還《かえ》った。そして、ふかふかの土となって、若木たちを優しく包み込んだ。

若木たちは元気に成長して、今やフローラが見上げるくらいに伸びている。

大きな妖精の木は枯れてしまったが、新しい命が育っていた。

「あの若木たちがさらに育てば、また妖精が現れるのだろうか」

「きっと、いつか」

フローラとアドルファスは微笑み合う。

「いつまでも、きみと一緒にこの景色を見守ろう」

「ええ、もちろんですわ」

二人は見つめ合い、どちらからともなく唇を重ねた。

悪魔の領域でアドルファスを救い出す際、水晶越しに唇を触れ合わせたことはあったが、直接触れる温かさはまったく違う。

柔らかな感触にうっとりしながら、フローラはゆっくりと目を閉じる。

ふわふわとした心地よさに身を委《ゆだ》ねていると、やがてアドルファスの唇が離れていく。

名残惜しくてフローラが目を開ければ、アドルファスと目が合った。

「愛しているよ、ララ」

熱を帯びた瞳《ひとみ》で囁くと、アドルファスは再びフローラの頬に触れる。

「はい、ドルフさま……」

フローラは目を潤ませて微笑むと、今度は自分から顔を寄せていく。

そんなフローラを愛しげに見つめながら、アドルファスは華奢《きゃしゃ》な身体《からだ》を抱きしめた。

「……改めて言わせてくれ」

アドルファスはフローラの耳元に口を寄せ、そっと囁いた。

何を言われるのだろうかと、フローラはドキドキしながら次の言葉を待つ。

「今さらではあるが……俺の妃になってくれるか？」

「……はい、喜んで」

嬉しさに胸がいっぱいになり、フローラは満面の笑みを浮かべて頷く。そして、アドルファスの首筋に抱きつき、甘えるように頬を寄せた。

「ありがとう。……愛しいララ」

アドルファスは嬉しそうに笑うと、もう一度、優しく口づけをした。

温かい腕に包まれて、フローラは幸せに浸《ひた》る。

このまま時間が止まればよいのに。そう思ったときだった。

ふわりと風が吹いて、目の前の花たちが一斉《いっせい》に舞い上がる。

「まあ！」

フローラは驚いて目を見開き、声を上げた。

「祝福しているようだな」

アドルファスの言葉どおり、花びらが二人の周りに降り注ぐ。

しかも、それだけではなかった。

「ドルフさま！　あれ……」

フローラはアドルファスの後ろのほうを指し示す。

「ああ……」

振り向いたアドルファスの顔がほころぶ。

そこには、片手に乗るくらいの小さな、ふわふわとした白い毛玉たちが舞っていたのだ。

「妖精さんだわ……！」

フローラは目を輝かせる。

ウィロウと共に消えていった妖精の子どもたちだろうか。

妖精たちはくるりと宙返りすると、そのままどこかへ飛んでいってしまった。

「元気そうで何よりだな」

「ええ、本当に」

フローラとアドルファスは顔を見合わせて笑う。

思ったよりも早く、妖精たちに会えたようだ。挨拶《あいさつ》に来てくれたのだろうか。

「さあ、そろそろ戻ろうか。皆が俺たちを待っている」

「はい」

アドルファスが差し出した手を取り、フローラは歩き始める。

繋いだ手から伝わる温もりを感じながら、フローラは幸せを噛《か》みしめた。

これから先、どんな困難が待ち受けていようとも、アドルファスと一緒なら乗り越えられる。

そう信じて、フローラは前を向いて歩いていく。

あとがき

はじめまして、こんにちは。葵すみれと申します。

この度は本作をお手にとっていただき、誠にありがとうございます。

本作は騙されて身分を失った王女フローラの奮闘記となりますが、実際にはキャッキャウフフ、イチャイチャしているお話です。

優しい雰囲気の恋愛ファンタジーを書きたいとの思いから、本作が生まれました。

最初に思い浮かんだのは、ふわふわした綿毛のような妖精が、雨の降り始めた空を見上げながら何かを待っている姿です。

そして、フローラは春を運んでくる少女、アドルファスは銀狼というイメージでした。

このことから妖精が待っているのは、停滞した地に春をもたらす者、つまりフローラだろうと思いながら書き進めていきました。しかし、実際に妖精が待っていたのは……と、意外な結果に。

また、フローラもたおやかな姫君のはずでしたが、自分がさらわれるのではなく、さらわれた相手を助けにいくという豪胆さの持ち主になりました。計量するべきお菓子作りで、目分量で材料をぶち込んでしまうという大雑把さも。

色々と当初の想定とは変わってしまいましたが、優しい雰囲気の恋愛ファンタジーに仕上がったかと思います。

優しく幻想的、そして少し切なく甘い。そんな素晴らしいイラストを描いてくださった椎名咲月先生、本当にありがとうございます。

世界観にぴったりすぎて、感動しました。妖精が想像を超える可愛さです。フローラもとても魅力的で、特にアホ毛が……！

はじめての書き下ろし作品ということで、右も左もわからないところから優しく導いてくださった担当編集さまには本当にお世話になりました。何回もご相談に乗っていただき、感謝の念に堪えません。

また、校正さまやデザイナーさま、この本作りに携わってくださった全ての方々に感謝申し上げます。

そして、この本を手に取ってくださった読者の皆さまに心よりお礼申し上げます。

皆さまがこの本を読んで、少しでも幸せや笑顔になっていただければ、それ以上の喜びはありません。

それでは、またお会いできることを祈って。

妖精番《ようせいばん》の姫《ひめ》
侍女《じじょ》に騙《だま》されて身分《みぶん》を奪《うば》われましたが、
運命《うんめい》の相手《あいて》と恋《こい》に堕《お》ちました

2024年9月1日　初版発行

著　者■葵 すみれ
発行者■野内雅宏
発行所■株式会社一迅社
〒160-0022
東京都新宿区新宿3-1-13
京王新宿追分ビル5F
電話03-5312-7432(編集)
電話03-5312-6150(販売)
発売元：株式会社講談社
(講談社・一迅社)

印刷所・製本■大日本印刷株式会社
DTP■株式会社三協美術

装　幀■今村奈緒美

ISBN978-4-7580-9669-0

●この作品はフィクションです。実際の人物・団体・事件などには関係ありません。

この本を読んでのご意見
ご感想などをお寄せください。

おたよりの宛て先

〒160-0022
東京都新宿区新宿3-1-13
京王新宿追分ビル5F
株式会社一迅社　ノベル編集部
葵《あおい》 すみれ 先生・椎名咲月《しいなさつき》 先生